LES LIGNES BRISÉES

– Allègre 1881, quand foi et raison s'affrontent, les cœurs vacillent –

DU MÊME AUTEUR

Anticipation :
La Cueillette
Albert's Brain
De Glaise et de Sang
Les Chevaliers de l'apocalypse
Chasse aux Loups
Un Monde Paisible
AdamS et Eve
La Ballade de Woinic
La Butineuse
La Caverne Oubliée
Au-delà de la brume
La Cité d'Arèv
Dégénérescence
Sommeil de Plomb
Dea Arduinna
Le fantôme d'Allègre

Poésie :
Une vie d'Alexandre

Biographies :
Nouveau Chemin
Incarnation
Amalia

Technique :
Le stockage de l'énergie électrique

Si les faits historiques décrits dans ce roman sont authentiques, il n'en est rien du contenu de l'aventure narrée dans ces pages. Bien entendu, toute ressemblance avec des faits et des personnages existants ou ayant existé serait purement fortuite et ne pourrait être que le fruit d'une pure coïncidence.

Christophe Savard

LES LIGNES BRISÉES

roman

Le Code français de la propriété intellectuelle interdit les copies ou reproductions destinées à une utilisation collective. Toute représentation ou reproduction intégrale ou partielle faite par quelque procédé que ce soit, sans le consentement de l'auteur ou de ses ayants droit ou ayants cause, est illicite (alinéa 1er de l'article L.122-4) et constitue une contrefaçon sanctionnée par les articles L.425 et suivants du Code pénal.

© Christophe Savard, 2025
ISBN: 978-2-3226-2253-5

Chapitre 1 – jeux d'enfants

En ce jeudi 10 octobre 1872, cela faisait deux ans que la France était la risée du monde civilisé. La chute du Second Empire avait eu des impacts durables sur les habitants de toutes les régions, y compris dans les zones rurales les plus reculées et les plus préservées en apparence. Il en allait ainsi en cette terre volcanique de l'Auvergne.

Émile, petit bonhomme aux mèches blondes, du haut de ses onze ans, s'interrogeait tout autant sur son propre avenir que sur celui de sa Nation, humiliée et cherchant par-dessus tout à retrouver son honneur et sa fierté.

En ce jour sans école, il en profitait pour aller jouer dans les champs – ou plus précisément dans les terres non cultivées qui entouraient sa belle ville d'Allègre, dans le Département de la Haute-Loire, cité qui avait connu son apogée en termes de nombre d'habitants quelques lustres auparavant – avec son camarade de classe Georges. Georges arborait une crinière tout autant brune que celle d'Émile était blonde. Ils portaient néanmoins tous deux les cheveux courts, et même rasés en-dessous des oreilles. Comme beaucoup d'enfants, à toutes les époques en dehors des très rares longues périodes de paix, ils jouaient à la guerre. Ainsi, ils reproduisaient les actes héroïques des soldats tombés pour la France, dont les noms brillaient sur la plaque commémorative fixée au début du printemps dernier sur le fronton de la mairie. Elle témoignait, ici comme ailleurs, de la mémoire de la guerre et du sacrifice des soldats. Si jamais un tel conflit devait redevenir d'actualité, nul ne doutait qu'un Monument aux Morts serait érigé devant la salle commune implantée dans le bas de la ville, comme c'était déjà le cas dans certaines communes plus peuplées, qui avaient contribué en masse à la défense de la Nation et qui rendaient ainsi hommage à leurs martyrs.

Durant ce conflit franco-prussien, de nombreux hommes des campagnes françaises, y compris en Auvergne, avaient été mobilisés pour combattre au front. En cela, Allègre ne dérogeait pas à la règle. Comme dans les autres villes d'importance, la mobilisation n'avait épargné aucune famille. Cette omniprésence d'anciens combattants parmi la population avait créé un souvenir collectif de la guerre, sentiment qui unissait la population en atténuant la différence entre individus, noyés dans le collectif social.

Les pertes humaines avaient laissé des familles endeuillées, affectant la communauté de manière significative et laissant ainsi des traces indélébiles pour des générations, tant dans les mœurs que dans les comportements des habitants de cette région. Les noms de famille des deux enfants n'étaient fort heureusement pas inscrits sur la plaque commémorative. Mais chacun d'eux avait eu un grand frère parti combattre. Gustave, le frère de Georges était revenu un peu sonné. Il n'avait probablement pas supporté ce qu'il avait vécu lors des combats. Déjà qu'il n'était pas bien futé... Mais comme sa fiancée l'attendait au village, elle l'avait repris tel qu'il lui était revenu. Il travaillait maintenant dans les champs. Son épouse attendait le premier de ses descendants, qui seront chargés de repeupler et de renforcer le pays de leurs ancêtres.

César, l'aîné d'Émile, avait été mobilisé à tout juste seize ans. Il ne quitta sa terre natale que sur la fin du conflit, lorsque tout était déjà perdu et que la débandade et la révolte menaçaient, notamment dans la capitale. Sa mobilisation ne dura que deux mois mais il n'en revint pas moins traumatisé que son camarade. Sans doute était-il de constitution mentale plus robuste car, à la différence de l'autre, il ne lui était jamais arrivé de hurler la nuit, ni de se précipiter dans la rue à moitié nu et hirsute pour « régler leur compte à ses satanés Boches ! »

Comme les autres mobilisés ayant survécu, il relayait régulièrement son expérience auprès de la communauté. Ses récits ne manquaient pas d'influencer les attitudes locales, notamment le sentiment de revanche et de patriotisme. Il faut dire que la défaite de 1870 engendra un puissant sentiment de revanche et un désir de restaurer l'honneur national, bafoué et jeté plus bas que terre. Le patriotisme, déjà fort ancré dans les campagnes, était devenu une valeur importante, souvent inculquée dès le plus jeune âge aux générations en devenir.

Pas étonnant donc que les enfants s'entraînaient, dans leurs jeux, à « casser du Fritz » dans les champs, armés de bâtons en guise de fusil. La IIIème République, fraîchement installée, n'avait pas encore entrepris ses nombreuses réformes, telles que la réorganisation de l'armée. Proclamée le 4 septembre 1870, soit deux jours après la défaite militaire de l'Empire qui n'avait pas su, contrairement à toutes les tentatives précédentes, repousser l'agresseur à Sedan, la République n'était pas encore bien stabilisée en

1872. Au printemps 1871, au cours de ce révolutionnaire mois de mai, alors que la guerre contre l'Allemagne n'était pas achevée, elle avait réprimé l'insurrection de la Commune de Paris. En plein marasme, la majorité monarchiste de l'Assemblée nationale, prépara une nouvelle Restauration à laquelle s'opposa notamment Léon Gambetta, que le père d'Émile admirait beaucoup. Le politicien se battit pour instaurer des lois constitutionnelles qui ancrèrent alors la République en France.

Dans leurs jeux, les enfants demeuraient inconscients de la réalité de la guerre. Cela ne les aurait pas dérangés si, plus tard, ils tiraient un mauvais numéro et étaient appelés pour la conscription. À moins que, comme cela se murmurait, il serait instauré une conscription universelle, pour tous les garçons, mais consistant en un service militaire de plus courte durée qu'actuellement. En quelque sorte, il s'agirait d'encaserner tous les garçons à la sortie de l'école pour leur administrer une éducation militaire, nécessaire si l'ennemi de l'Est voulait encore leur voler des terres, de manière à instaurer par ces pratiques de conscription et avec les exercices militaires un bon niveau de préparation et de conscience militaire.

Les deux pré-adolescents étaient tapis derrière une haie de genêts attendant l'hiver proche lorsque survinrent deux autres enfants du village.

— Regarde ! C'est Charles et Joseph !

— Oui, nos ennemis jurés !

Tout les opposait, sauf leur haine de l'ennemi étranger. Probablement que, plus tard, lorsque leur génération devrait en découdre à son tour avec les enfants allemands, ils se retrouveraient tous les quatre frères d'armes. Mais, en période de paix, ils appartenaient irrémédiablement à deux clans irréconciliables. Rien que leurs prénoms témoignaient de leurs différences. Charles et Joseph faisaient partie des substantifs éculés, passés de mode, tandis que Georges et Émile constituaient des prénoms en devenir. Les deux premiers étaient inscrits à « l'école des curés » tandis que, depuis la rentrée scolaire, les deux modernes avaient rallié l'école laïque, l'école de la République, tout juste instaurée dans le village.

Avant la IIIème République, l'éducation en France était largement contrôlée par l'Église catholique. Les écoles religieuses étaient dominantes, et l'enseignement était imprégné de valeurs religieuses. Dans la foulée du changement de régime, des réformes pour laïciser l'éducation et réduire l'influence de l'Église venaient d'être lancées. Les Républicains voyaient avec l'éducation laïque un moyen de promouvoir les valeurs républicaines de liberté, d'égalité et de fraternité. Ces écoles laïques, financées par l'État, étaient gérées par des instituteurs, déjà surnommés les « hussards noirs de la République ». À l'instar de leur professeur, Monsieur Verdier, les enfants aux prénoms modernes étaient de fervents défenseurs des valeurs républicaines et de la laïcité. Les programmes scolaires avaient été conçus pour inculquer des valeurs républicaines, l'histoire nationale et des compétences pratiques, sans faire référence à la religion, appartenant à la sphère privée et non à la sphère commune.

Pourtant, l'année passée encore, ils fréquentaient tous les quatre l'école gérée par l'Église catholique, financée par les parents et la communauté religieuse.

Le programme d'enseignement incluait l'instruction religieuse et les valeurs catholiques, ce qui ne manquait pas de faire réagir les pères respectifs d'Émile et de Georges, tous deux de profonds Républicains. Et puis, comme le disaient leurs paternels : « Dieu n'était pas sur les champs de bataille » et « les Allemands aussi se réclamaient agir à la gloire de Dieu ». Aussi, l'éventuel Créateur de toute chose semblait, pour eux, ne plus vraiment se soucier des créatures régnant sur la Terre... Alors, pourquoi imposer Sa parole à tous ? Pour sa première année de service, l'école laïque n'avait pas vraiment fait recette, n'accaparant seulement qu'un enfant de la commune sur dix. En effet, l'Auvergne étant une région traditionnellement catholique, les écoles confessionnelles allaient y rester encore longtemps populaires parmi les familles, attachées à l'Église et à ses préceptes.

Soudain, bondissant du bosquet de genêts, Georges apparut inopinément devant ses deux anciens camarades, en hurlant :

— Ah, ah ! Je vous y prends, mes gaillards !

Si Joseph connut un mouvement de recul, ce ne fut pas le cas de Charles. Aussi, comme il se trouvait alors à portée de baffes, il reçut le poing du brun en plein visage. Surpris et déséquilibré, il bascula sur son séant, donnant l'occasion à son adversaire de prendre le dessus en plongeant sur lui. S'en suivirent alors une nuée de coups des deux poings, principalement donnés dans le ventre, qu'encaissait en gémissant l'enfant qui arborait des cheveux châtains laissés bien plus longs que ceux de son adversaire Républicain.

Si Émile n'avait pas bougé de derrière les buissons, se contentant de se redresser pour observer le combat de catch – pour l'instant à sens unique – il en allait différemment pour Joseph. Lui aussi portait le poil plus long, tout autant que ses culottes étaient plus courtes. Il arborait ainsi une véritable crinière blonde très claire, le faisant ressembler à ces antiques combattants vikings, évoqués à l'occasion de légendes anciennes. Le jeune blondinet bondit à son tour sur l'agresseur de son ami, le poussant pour le faire rouler sur le côté. Ainsi libéré, Charles, à moitié sonné, se redressa pour se laisser retomber sur son adversaire aux cheveux courts. Avait-il encore assez de lucidité pour se battre ? Avait-il encore assez de clarté d'esprit pour ne pas transformer le pugilat en exécution ? Probablement pas, car c'était maintenant l'agresseur qui se recroquevillait en boule au sol, de manière à encaisser le mieux possible la pluie de coups de pieds qui déferlait désormais sur lui de la part des deux Catholiques pratiquants.

Ce n'est qu'à cet instant qu'Émile sortit de sa torpeur et prit part à son tour au combat. Se dévoilant de derrière le bosquet, il attrapa Joseph par les épaules pour le faire tomber au sol. Mais, bien campé sur ses jambes et de constitution plus forte que le jeune Républicain, le pseudo-viking ne céda qu'en pivotant sur lui-même. Profitant de ce léger répit, Georges roula sur le côté et se campa vivement sur ses pieds, s'installant les jambes pliées et le buste en avant, poings fermés, paré pour accueillir son adversaire.

— Allez, viens, bouffeur de grenouilles, je t'attends ! lui lança-t-il en accompagnant la parole d'un geste d'invite de la main.

Même s'il allait à l'église chaque dimanche et à l'école confessionnelle tous les jours de la semaine, le jeune Charles ne se sentait pas le moins du monde une « grenouille de bénitier ». Aussi, cette injure envers ses convictions profondes fit exploser encore d'avantage la rage qui le maîtrisait. Il répliqua :

— J'ai pas peur, même d'un petit Communard !

Malgré tout, il redoutait de se prendre quelques coups mal placés et de revenir auprès de sa mère couvert d'ecchymoses. Cependant, relevant le défi, il fonça vers le brun à cheveux courts avant de tomber à genoux à la suite du direct qu'il reçut à l'estomac après une feinte du bras droit du brun.

De leur côté, les deux antagonistes blonds se regardaient en chien de faïence, jouant à celui qui impressionnerait le plus l'autre en roulant des mécaniques et des avant-bras jusqu'à ce que Charles fît mouche dans l'estomac de son adversaire. Émile venait de commettre l'erreur de regarder de côté pour voir son ami prendre le dessus sur son challenger. Joseph en profita pour tromper sa garde et atteindre dans la foulée le menton de son adversaire d'un uppercut digne des meilleurs combats de boxe. Émile sentit le goût du sang dans sa bouche. Il parvint cependant à esquiver le coup suivant, avant de riposter à son tour, finissant son attaque à nouveau dans la partie la plus grasse du corps adverse.

Enivrés par la colère, les deux binômes belligérants auraient pu continuer longtemps, probablement jusqu'à l'épuisement total des combattants d'une des deux équipes, avant que l'un des deux camps ne puisse crier victoire, une victoire obtenue au prix de quelques dents, yeux pochés et plaies ouvertes diverses. Il n'en fût rien car, alors, une voix grave et douce à la fois, retentit dans la prairie :

— Holà, les enfants ! Arrêtez !

C'était la voix du prêtre du village, l'abbé Ducamps, qui venait de résonner comme une sentence divine. Même si les enfants de l'école laïque ne l'écoutaient plus chaque jour depuis la dernière rentrée scolaire, il avait conservé sur eux une autorité certaine. Les deux enfants suspendirent leurs gestes, tout comme les oies du prêtre. Ils eurent tous quatre le droit à un sermon sur leur comportement inqualifiable.

— S'entraîner à se battre est une bonne chose, mais se battre entre prochains est un acte inqualifiable !

Les quatre enfants gardèrent la tête basse, rouges de honte (et d'ecchymoses) sous l'opprobre du prélat. Comme il avait encore les quatre enfants au catéchisme, il lui fut facile de les convoquer pour le dimanche suivant à confesse. Comme beaucoup, les enfants fréquentant l'école publique étaient Républicains mais conservaient une forme de crainte – ou de respect dans le sens anglo-saxon du terme – envers le fait religieux. Enfin, l'abbé leur ordonna de se serrer mutuellement la main, de se pardonner, sans chercher à savoir qui avait déclenché les hostilités.

Par groupe de deux, les enfants repartirent vers le village, suivant deux chemins différents, l'aumônier restant sur place pour s'assurer qu'aucune flamme belligérante ne se ranimait dans l'un ou l'autre des groupes.

Le soir, chacun des quatre eu le droit à un autre type de sermon : celui de leur père respectif. Si Jules, le père d'Émile passa rapidement l'éponge, ne tournant pas la situation au drame – car, après tout, quel est l'enfant qui ne s'était pas battu pour des raisons souvent futiles avec un de ses camarades ? – et punissant simplement son fils d'une arrivée hâtive au lit ce soir-là, il n'en fut pas de même pour Georges. En effet, Léon reprocha à son fils de ne pas avoir mené à bien son combat. Pour lui, son rejeton n'aurait jamais dû obéir au curé, ni à aucune autorité morale éventuelle. Il aurait dû se battre jusqu'à la victoire sur ses adversaires. Le paternel aurait, à la rigueur, accepté une défaite mais jamais un abandon ! Aussi, il déboucla son ceinturon et contribua à endurcir le cuir de son rejeton au contact de celui de sa ceinture.

Le lendemain soir, tous se rendirent à une soirée organisée dans la salle commune où des anciens combattants étaient appelés à partager leurs souffrances, exutoires pour les uns, moyens thérapeutiques pour chasser les mauvaises pensées pour les autres. La défaite de 1870 et l'occupation prussienne d'une partie de la patrie avaient alimenté un fort sentiment anti-allemand qui influençait les attitudes politiques et sociales des habitants de toutes régions. Et les récits des atrocités commises par les troupes prussiennes étaient probablement exagérés ou mythifiés. Quoi qu'il en fût, elles contribuaient à renforcer ce sentiment et permettaient de resserrer les troupes... Pour de futurs affrontements entre nations.

César, le frère d'Émile, était appelé ce soir-là à parler de la bataille à laquelle il avait participé, à Bazeilles, près de Sedan, ville qui, jusqu'alors, était une pépite, une fierté acquise par la France deux siècles auparavant et qui, en tant que place forte, n'avait jamais – chose unique en Europe – cédé face un envahisseur venu de l'Est. César avait conservé une partie de ses habits militaires : capote et képi, bien qu'il aurait dû les restituer à l'État après sa démobilisation. Mais le port de l'uniforme était toléré lors des cérémonies commémoratives ou lorsqu'un vétéran évoquait ses souvenirs des combats et ses faits d'armes. Ainsi habillé, il narra comment le village de Bazeilles fut le théâtre d'un combat acharné entre les troupes françaises – principalement des troupes de la marine – et les forces prussiennes. Il raconta les atrocités commises par les troupes prussiennes envers les civils et les soldats blessés. Il narra les maisons incendiées délibérément, les civils tués sans distinction et les blessés qui avaient été achevés par les soldats prussiens afin de ne pas perdre de temps ni de moyens à les soigner. Il qualifia même tout cela de « crimes de guerre », comme si la guerre elle-même n'était pas déjà un crime envers l'humanité tout entière.

Il exposa aussi un épisode s'étant déroulé sur place alors que son régiment n'était qu'à quelques encablures des lieux. Les marsouins, largement épaulés par les habitants, s'étaient battus jusqu'au dernier, jusqu'à leur dernière cartouche. C'était même le capitaine de leur brigade, Arsène Lambert, qui tira sur l'ennemi la dernière cartouche qu'il leur restait. Curieusement, César apporta un bémol à propos des exactions des Boches lorsqu'il narra que, impressionnés par le courage des soldats français, l'officier bavarois qui commandait le camp adverse avait décider d'épargner, cette fois-ci, les quelques blessés survivants. Cependant, cela n'empêcha nullement les troupes bavaroises de se livrer dans le même temps à des massacres dans le village, pour se venger de la participation active des civils aux combats. César conclut son récit :

— Il paraît même que le propriétaire de l'auberge où a été tirée cette dernière balle vient d'y créer un lieu de mémoire[1].

— Et cela continue d'ailleurs ! hurla presque un homme dans l'assistance. J'ai reçu une lettre de ma sœur qui est partie vivre à Nancy et qui

---
1 : Qui deviendra quelques années plus tard la Maison de la Dernière Cartouche.

relate ce qui se passe en Alsace-Lorraine, désormais occupée par l'Empire allemand. Ces salauds de prussiens poursuivent leurs exactions contre les populations locales soupçonnées de soutenir la résistance française. Elle parle même de villages entiers incendiés, de déportations de civils on ne sait où, et de mutilations infligées aux résistants capturés...
Galvanisée, la foule s'en retourna dans ses pénates respectifs. Avec de tels efforts de propagande, rien n'empêchera un esprit revanchard de voir le jour, pour tenter d'en découdre et de libérer l'Alsace et la Lorraine occupées. En outre, cela permettra de justifier l'effort de guerre que chacun acceptera de financer par anticipation avec ses impôts, sans rechigner.
Le lendemain, en se rendant à leurs écoles respectives, les bambins des deux camps se croisèrent dans un charreyron, ces cheminements pentus et empierrés destinés jadis au passage des ânes qui charriaient eau, victuailles et marchandises à la ville-haute. La coexistence des écoles laïques et confessionnelles allait pendant longtemps encore conduire à des tensions dans les foyers, les partisans des écoles laïques accusant les écoles religieuses de maintenir l'influence de l'Église sur la société, tandis que les défenseurs des écoles confessionnelles voyant dans la laïcisation une attaque contre leur foi et leurs traditions. D'ailleurs, les élus Républicains locaux avaient placé tout leur poids dans la balance pour parvenir à la création de cette première classe en école laïque, entrant ainsi en opposition frontale avec les autorités ecclésiastiques.

Certaines familles elles-mêmes se retrouvaient coincées entre deux eaux : celle bénite et celle républicaine. Pendant toute la genèse de cette IIIème République, les pressions sociales et politiques allaient influencer les choix d'école, même après la promulgation des lois de 1875, qui ne constituaient cependant pas une immaculée conception républicaine ? Elles traduisaient plutôt un accouchement dans la douleur. D'un côté, les notables Républicains encourageraient l'inscription des enfants dans les écoles laïques, tandis que, de l'autre côté, le clergé et les fervents Catholiques prônaient la fréquentation des écoles religieuses. Que ce soit en guise de pénitence ou non. La transition vers une éducation majoritairement laïque promettait d'être tout autant lente que conflictuelle.

Pourtant, les relations entre croyants et laïcs paraissaient ici plus assagies qu'ailleurs, comme en témoigneront les péripéties narrées plus tard. Le changement de toponymie de la ville-préfecture du Puy-Sainte-Marie en Le Puy-en-Velay, sous la Révolution française, visait – ici comme ailleurs – à éliminer les références religieuses et monarchiques et à promouvoir les valeurs et la culture républicaines. Cette volonté centralisatrice n'avait pas été si mal vécue que cela. Contrairement à ce qu'il advint dans d'autres villes, comme Lyon, qui connut de vives résistances et des conflits lors de son changement transitoire de nom en Ville-Affranchie, les habitants du Puy-en-Velay semblaient avoir accepté cette transition de manière plus modérée. Jusque-là, la commune du Puy-Sainte-Marie portait un nom associé à la Vierge Marie, reflet de l'importance religieuse de la ville, notamment en tant que lieu de pèlerinage. En 1793, un décret de la Convention nationale ordonna le changement de nom en mettant l'accent sur une appellation géographique plutôt que sur une référence à une figure religieuse. Bien que la ville soit un important lieu de pèlerinage, la communauté locale avait choisi de ne pas se braquer sur ce genre de détails et avait opté pour plus de résilience en s'adaptant aux changements administratifs imposés par la Révolution. Les habitants continueraient néanmoins – même parfois encore de nos jours – à utiliser l'ancien nom dans le langage courant. D'ailleurs, Le Puy-en-Velay, pas plus qu'Allègre, ne constituait un centre majeur du radicalisme révolutionnaire. L'opposition locale au changement de nom étant ainsi intense, les autorités locales s'étaient inscrites dans l'apaisement des tensions en expliquant les raisons du changement et en mettant en avant l'importance de la mise en conformité aux nouvelles lois républicaines. D'ailleurs, à la Restauration, la commune préfecture conservera son nouveau patronyme.

Et il en fut ainsi pendant les années qui suivirent, la vie continuait son cours dans la commune où les quatre ados, sans jamais s'être véritablement pardonnés, avaient décidé de poursuivre leur cohabitation. Ils grandirent, quittèrent l'école, n'eurent ni la chance ni la malchance d'être choisis par le hasard pour le service militaire, pas encore universalisé. Ils reprirent chacun en continuité l'activité de leur père ou se formèrent pour un métier. Et ils atteignirent ainsi l'âge de 20 ans, l'âge de tous les possibles.

Le frère d'Émile, était appelé ce soir-là à parler de la bataille à laquelle il avait participé.

En tout cas, la rue contenait bien plus d'établissements de la sorte qu'il n'était l'accoutumée d'en rencontrer. Quelques artisans s'inséraient entre les échoppes, mais pas l'employeur du jeune homme qui avait implanté son atelier dans l'ancienne Grazac, dans la ville-basse, à une altitude inférieure aux 1050 mètres du point bas de la fameuse rue des Boucheries. Grâce à cette délocalisation, il était assuré de la présence d'un peu moins de neige en hiver.

Émile bifurqua dans un charreyron et rejoint rapidement la maison dans laquelle sa mère Zélie, sa sœur Eugénie et lui-même avaient emménagé juste après le décès de son père Jules, survenu deux ans auparavant, à la suite d'une mauvaise chute alors qu'il allait bocquiller du bois. Le prénom donné à sa sœur n'était pas dû au hasard. Bien sûr, elle avait été prénommée ainsi en hommage à l'Impératrice, épouse de Napoléon III. Comme quoi, il était possible d'être tout à la fois pour l'Empire et pour la Révolution. Eugénie était toute aussi blonde que son frère l'était étant jeune. Par contre, elle avait su conserver sa fraîcheur et sa pureté qui se traduisait par des cheveux et un teint clairs.

À peine Émile se fut-il assis à la table de la pièce principale de cette petite habitation que la porte d'entrée, donnant de plain-pied dans la rue étroite, s'ouvrit à nouveau. C'était Charles qui pénétrait dans les lieux, sans avoir auparavant marqué son intention d'entrer en frappant à la porte. Charles, le même avec lequel Émile avait fait le coup de poing huit ans auparavant sur les pentes du volcan faisant face à la cité. Il avait conservé ses cheveux châtains même s'ils avaient perdu quelques centimètres de longueur avec l'entrée dans l'âge adulte. À l'époque du conflit entre les deux camps d'enfants, Émile aurait bien voulu reprendre le combat mais il avait été persuadé par l'abbé de ne pas le faire et de pardonner à son adversaire de l'époque. Il s'y était alors résigné.

Eugénie préparait le repas du soir avec sa mère. Elle s'essuya les mains dans son tablier et abandonna les casseroles pour rejoindre le nouvel arrivé. Dans ce cercle restreint, comme il était d'usage, les baisers entre fiancés étaient moralement autorisés, bien qu'ils dussent rester chastes et brefs. Ainsi Eugénie reçut de son promis un affectueux baiser sur le front puisqu'en dehors de l'intimité que leur conférait le mariage, les couples futurs devaient quand même faire preuve de retenue et de discrétion en tous lieux. Lorsqu'ils sortaient en ville le soir ou le dimanche, s'ils pouvaient se tenir par la main, toute autre excentricité était prohibée. Les fiancés avaient le droit à plus de liberté pour exprimer leur affection lorsqu'il leur arrivait de se retrouver seuls, tous les deux, dans un cadre privé. En effet, les normes sociales et religieuses demeuraient prédominantes sur la conduite personnelle. Ainsi, même en privé, les couples devaient respecter certaines limites pour préserver leur réputation et celle de leurs familles. L'Église catholique prônant la chasteté et la modestie avant le mariage, il n'était aucunement question de laisser libre cours à des idées inspirées par le Malin. Les fiancés n'auront le droit – et même alors, le devoir – d'avoir plus d'intimité qu'une fois leur union consacrée par Monsieur le Maire et sanctifiée par Monsieur le Curé. Surtout que, élevé par les prêtres et leur catéchisme, Charles avait appris l'importance de la retenue et du respect des conventions morales.

Ainsi, la querelle ancienne avait été oubliée et les ennemis d'hier étaient devenus les meilleurs amis du monde. Secrètement, Émile s'interrogeait sur le choix qu'auront à faire les futurs parents quant à l'éducation de leurs rejetons : école publique comme pour la mère ou école confessionnelle comme pour le père ? D'autant que ces deux derniers lustres, le landerneau scolaire avait connu quelques soubresauts. Certaines familles avaient ainsi mangé leur pain noir, se déchirant sur l'éducation à donner aux nouvelles générations. La grand-mère viscéralement attachée aux valeurs religieuses, entrait en opposition frontale avec les parents, partisans de l'école laïque pour leurs enfants. Beaucoup d'autres familles étaient écartelées entre l'ancienneté de la tradition catholique et la modernité républicaine. Et les Hussards noirs de la République qui se sont succédé et sont venus s'installer dans le village, instituteurs fervents défenseurs de la laïcité, s'étaient heurtés à certains parents d'élèves. Ceux qui, après avoir inscrits leurs enfants à l'école publique, étaient revenus sur leur choix pour les réorienter vers l'école religieuse. Ils avaient changé d'avis malgré l'instauration toute récente de la gratuité de l'enseignement en école laïque pour les enfants de 6 à 13 ans, suite aux lois de Jules Ferry. Ce changement de comportement avait été confirmé malgré les interventions du Maire pour que les enfants poursuivent leur éducation avec les autres, désormais majoritairement inscrits à l'école communale, en principe obligatoire. Heureusement, ici, à la différence d'autres communes, aucun parent ne fut menacé d'excommunication s'il envoyait ses enfants à l'école laïque.

Émile était tout de même inquiet quant au devenir de ses neveux et nièces lorsque se présenterait l'heure du choix. Puisque certaines familles étaient divisées, les anciens insistant pour une éducation religieuse tandis que les générations plus jeunes, influencées par l'esprit républicain, favorisaient l'école laïque, dans quel camp se retrouveraient ses neveux ? En tout cas, les futurs grands-parents avaient de concert indiqué qu'ils ne refuseraient pas de donner leur consentement et leur bénédiction au mariage quel que soit le choix qui sera fait finalement d'élever ou non les futurs enfants dans la foi catholique, en suivant une éducation religieuse. C'était d'ailleurs la dernière décision de Jules, exprimée la veille de son décès. Et les dernières volontés doivent toujours être respectées. Mais Jules espérait que, comme dans certaines familles mixtes catho-républicaines, un compromis finirait par être trouvé, avec l'envoi des garçons dans les écoles laïques et des filles dans les écoles religieuses, reflétant à la fois le désir de modernité et le maintien des traditions. En tout cas Émile imaginait que, s'il devait se marier avec une fervente Catholique, il agirait de la sorte.

Charles travaillait aussi pour un artisan chez lequel il avait été envoyé à l'issu de sa scolarité, à ses douze ans sonnés et après sa Grande Communion. Comme son ami Émile, il avait brillamment réussi l'épreuve scolaire finale : le Certificat d'Études Primaires, créé seulement quelques années avant qu'ils n'atteignent l'âge de passer cet examen. Ce document ne constituait pas encore un sésame pour ni les études supérieures – seule une infime minorité d'enfants, issus de familles aisées et vivant dans les grandes villes, pouvaient poursuivre leurs études au-delà de l'école primaire – ni pour pouvoir travailler. Il attestait principalement que l'enfant avait acquis les compétences de base en calcul, lecture et écriture. Charles avait appris le métier de vitrier directement sur son lieu de travail, sous la supervision du maître artisan, qui comptait bien passer la main d'ici quelques années, sans formation théorique. C'était le hasard et la proximité d'habitation qui avait décidé du devenir de l'ancien enfant brun aux cheveux longs. En effet, le vitrier n'était autre que le voisin de ses parents Pierre et Louise. De plus, le dit-artisan n'ayant eu que cinq filles, qui avaient toutes épousé des éleveurs et des cultivateurs. Par conséquent, il s'était mis à la recherche d'un successeur prêt à reprendre ses missions. Même si cela devait advenir au prix de nombreuses coupures aux mains de l'apprenti pendant sa phase d'apprentissage. Après tout, le métier vient en travaillant !

Mais Émile, tout autant que son ancien ami Georges, savait bien que Charles était tout sauf manchot et qu'il savait se montrer particulièrement adroit de ses mains lorsqu'il le fallait !

Quant à ce fameux Georges, qui s'était battu aux côtés d'Émile contre Charles et Joseph, ce fameux jeudi après-midi de l'enfance, la vie ne lui avait pas autant souri.

Si Joseph avait poursuivi dans une voie similaire à ses anciens camarades en devenant apprenti puis en travaillant comme charpentier, se rendant de grange en grange pour assurer réparation ou construction, des quatre, George était celui qui avait le moins bien réussi. De fait, il ne travaillait qu'occasionnellement, souvent comme manœuvre ou homme à tout faire, n'étant jamais parvenu à se fixer dans un emploi régulier. Son caractère belliqueux ne s'était pas atténué avec le temps. Bien au contraire. Des quatre, c'était le seul qui gardait encore une rancœur contre les autres. D'ailleurs, pour Georges, Émile était devenu un traître, passé à l'ennemi tout autant en termes de choix politiques qu'en amitié. Et les fiançailles annoncées de la sœur de son ancien ami avec un de ses adversaires de prédilection n'avait fait que jeter de l'huile sur le feu qui couvait dans son cœur.

L'année précédente, en 1880, le conseil municipal de Clermont-Ferrand, dominé par des Républicains radicaux, vota pour expulser les religieuses qui géraient l'hôpital général. Cette décision provoqua une opposition vive de l'évêque et des fidèles Catholiques, qui vivaient cette mesure comme une attaque directe contre l'Église. Des manifestations avaient eu lieu pour dénoncer cette décision. Des soubresauts furent ressentis jusque dans des villes éloignées d'Auvergne. Sur Allègre, une dizaine de personnes avait manifesté leur hostilité par des saccages perpétrés dans la cour de l'école confessionnelle. Personne n'avait été pris sur le fait. Personne n'avait été inculpé. Et la pression, momentanée, retomba. Cependant, il se murmurait que Georges était le principal meneur de la troupe de jusqu'au-boutistes qui avait fomenté l'exaction. D'ailleurs, ces potes casseurs étaient partis tenter leur chance ailleurs, l'un partant pour le Puy et l'autre même pour Saint-Étienne.

Ce samedi soir, après le repas pris en commun chez la mère de sa promise, Charles l'accompagna pour une promenade dans les chemins du mont Baury qu'ils avaient arpentés, seuls ou ensemble, des millions de fois depuis leur naissance.

Après être passés à proximité de la potence, ils se rendirent à l'ancienne Tour en empruntant le chemin de terre qui passe sur la crête formée par les rebords de l'ancien cratère du volcan du Mont Baury, jusqu'à la motte castrale de Pouzols. C'est sur ce point haut qu'à l'époque romane, une tour de guet, d'abord construite en bois, servait d'observatoire pour guetter tout ennemi qui serait venu de Monlet, le village septentrional à Allègre. Tous les jeunes gens de la cité appréciaient particulièrement de se retrouver dans les ruines subsistant de la seconde tour qui y fut érigée : en pierres celle-ci. Si leurs parents évoquaient en cet endroit un amoncellement de plus de huit mètres de haut qu'ils avaient connu à leur âge, les jeunes gens de cette fin du XIXème siècle ne pouvaient plus y découvrir qu'un amoncellement de deux à trois mètres de haut. Qui plus est, cette ressource en matériaux de construction ne faisait que diminuer au fil des ans à tel point que nul ne doutait que d'ici la fin du siècle, il n'en resterait rien. Rien ne se crée, rien ne se perd, tout se transforme ou se transporte...

Se pensant seuls sur le chemin et se comportant comme s'ils étaient seuls au monde, ils faisaient alors plus que de se tenir par la main dans cette intimité nocturne. À la lumière des étoiles et de la voie lactée – encore largement visible à cette époque et à cette altitude – et assis sur un banc improvisé, constitué de quelques pierres de l'ancienne tour, ils s'embrassaient amoureusement lorsqu'une voix qu'ils connaissaient tous deux retentit :

— Vous n'êtes pas gênés de manifester ainsi vos sentiments en public ?

— Ah, c'est toi, Georges ! nota Charles, sans se lever pour autant. Nous ne pouvions pas savoir que tu étais ici, tapi dans les pierres.

— Je ne me cachais pas... contrairement à vous deux ! Tu es donc aussi honteux de vouloir conquérir Eugénie que tu l'entraînes la nuit de force jusqu'à la Tour ?

— Je n'ai nullement été forcée ! contesta la jeune femme, en replaçant une mèche blonde qui s'était laissée aller à glisser sur sa joue au lieu de rester dans son chignon.

Elle se remémorait que depuis sa plus tendre enfance – et notamment pendant la période où George et son frère était amis irréductibles – Georges avait eu des penchants vers elle. Mais, elle n'appréciait ni son physique, ni son caractère. Si les garçons avaient le même âge, elle était leur benjamine de deux ans et se disait qu'il était temps de trouver un bon mari pour lui assurer bonne famille et subsistance, avant d'avoir atteint l'âge canonique de vingt ans. En plus, avec Charles, elle espérait y ajouter compassion et amour réciproque. Jamais Georges n'aurait pu lui offrir quoi que ce soit répondant à ses espérances.

— Tu dis cela parce que tu n'es pas seule ! Si nous étions tous les deux, tu dirais de même pour moi !

— Ça ! Permets-moi d'en douter ! Tu n'as jamais été mon type de garçon.

— Et tu préfères peut-être les grenouilles... Ou plutôt les crapauds ! On dit que les contraires s'attirent mais tant de beauté dans les bras de tant de laideur, cela me laisse pantois !

Cette fois, Charles s'était levé, irrité par le comportement et le parlé de son adversaire de toujours, y compris à propos de choses galantes.

— Il suffit ! Si tu veux en découdre, soit ! Ce ne sera pas la première fois que je te mettrais une dégelée. Viens, je t'attends !

Eugénie recula, soumise à des sentiments contradictoires, à la fois inquiète du combat singulier qui allait se produire et flattée que son fiancé veuille préserver son honneur.

Mais, avant même que Charles n'ait eu le temps de se mettre en garde, profitant de l'obscurité, Georges sauta de son promontoire sur son adversaire. Ce dernier encaissa le coup en s'affalant au sol. Le garçon aux cheveux noirs plaqua Charles au sol, s'asseyant sur son ventre et coinçant son bras gauche sous la semelle de sa chaussure. Avec sa main gauche, il saisit la dextre de son adversaire, le rendant incapable de frapper à son tour. Il put ainsi lui asséner une véritable volée de bois vert avec les branches qu'il avait cueillies à cet effet.

Ainsi coincé, Charles ne pouvait pas se défendre. Il sentait les branches lui vriller le visage jusqu'à lui ouvrir la peau. Ce n'était pas qu'un bouquet de branches, mais des tiges de ronciers que Georges brandissait et utilisait violemment comme fouet. Le sang commençait même à couler dans les yeux et la bouche de l'homme à terre. Effarée, Eugénie tenta de s'interposer, poussant l'agresseur aux épaules en cherchant à faire choir ce margoulin tout en s'écriant :

— Arrête ! Tu vas le défigurer !

— Tant mieux ! Tu le verras alors sous son vrai visage ! invectiva George, exultant.

Les branches étaient maintenant couvertes de sang et pour la plupart brisées. Le sang coulait le long de l'avant-bras de Georges. Devenues inutiles, ce dernier finit par les jeter pour se servir directement de son poing pour frapper son adversaire, avec l'intention manifeste, profitant de son avantage, de lui casser le nez et le plus possible de dents.

À bout de forces, Charles était sur le point de perdre connaissance. Eugénie, terrorisée tout autant que rendue furieuse par son impuissance physique dans ses tentatives pour aider son fiancé, rassembla tout son courage pour crier de toutes ses forces :

— Au secours ! Aidez-nous !

Le cri transperça la calme nuit qui se répandait sur les champs avoisinants, faisait écho dans les ruines de la vieille tour. Hélas, seul le bétail qui somnolait dans les deux pâtures adjacentes fut à peine dérangé. Les premières maisons étaient trop éloignées pour que, depuis leurs parvis, quelqu'un puisse entendre les cris désespérés de la jeune fille. Elle se décida à empoigner George par les épaules, pour tenter de la maîtriser :

— Arrête George ! Vous n'êtes plus des enfants ! Assez de violence !

Profitant d'un léger moment de relâchement de son adversaire, Charles rassembla le peu de forces qui lui restaient encore. Il amorça un mouvement brusque, vers la gauche car la main droite de son adversaire était occupée à faire choir Eugénie au sol. Mais, basculant sous l'emprise de l'agresseur, cette dernière retomba sur le bras que son fiancé alors que ce dernier venait de parvenir à se dégager. La chute de la jeune fille rompit ainsi tout espoir de renverser la situation.

D'un geste brusque, Charles repoussa Eugénie et reprit, dur et rancunier, sa volée de coups de poings dans le visage du jeune homme à terre. Sous les coups et la douleur, sa volonté abandonna le fiancé qui s'évanouit. Comme il ne réagissait plus sous les coups, ni en grimaçant, ni en gémissant, cela n'excitait plus son agresseur qui se releva. Toujours sous l'emprise des endorphines, il ne put s'empêcher d'asséner une dizaine de coups de pieds dans les côtes du malheureux avant de l'abandonner à son triste sort.

— Ne le laisse pas ainsi, il pourrait mourir où être à demi dévoré par une bête sauvage ! supplia la belle. Il faut le redescendre en ville

Mais, faisant fi de cette requête, la bête administra à la belle une telle paire de claques qu'Eugénie s'écroula à son tour, sa tête ne tombant qu'à quelques centimètres des pierres. Des pierres qui constituaient il y peu encore le banc sur lequel elle se sentait si légère et si heureuse et qui manquèrent de peu de causer son malheur.

Ne voyant pas sa sœur revenir, Émile s'inquiétait. Sa mère qui cousait, assise sur une chaise placée devant la cheminée, ne disait rien.

Chapitre 3 – extorsion

Ne voyant pas sa sœur revenir, Émile s'inquiétait. Sa mère qui cousait, assise sur une chaise placée devant la cheminée, ne disait rien. Toutefois, son fils sentait bien qu'elle partageait son inquiétude.

— Je vais monter jusqu'à la Tour voir si tout va bien ! décida enfin Émile.

Sa mère remua juste du chef pour acquiescer. Son instinct maternel l'avertissait que quelque chose de redoutable s'était produit. Néanmoins, elle ne voulait pas angoisser plus encore son autre enfant.

Elle posa son ouvrage et attendit, sans même chercher à s'occuper, assise sur sa chaise, après avoir rechargé le foyer de quelques bûches. La cheminée de leur habitation était de style médiéval, très large, soutenue par deux jambages en granit.

Un édit du Seigneur d'Allègre Yves 1er, en 1435, avait autorisé la construction de huit hôtels à l'intérieur des murs de la cité. Pour à la fois pouvoir chauffer les bâtiments et faire à manger, les dits-hôtels avaient été équipés de cheminées monumentales. Par la suite, les privilèges tombant, le même principe fut repris dans les maisons d'habitants moins huppés. Ces cheminées étaient constituées de deux jambages, généralement moulurés en style gothique ou à pans coupés, se terminant par deux consoles en pierre, soutenant un linteau de pierre ou de bois. En l'occurrence, les immeubles les plus modestes recourraient au bois de chêne. Ce qui pouvait surprendre également, c'était la présence des poutres soutenant les planchers des étages supérieurs insérées dans le conduit d'évacuation des fumées. Mais ces madriers étaient en bois d'essence dure et constitués par un unique tronc plus que centenaire. Certains des arbres utilisés avaient même du naître sous le règne de Henry IV.

Une unique cheminée devait réchauffer toute l'habitation, sauf chez certains dont le privilège conduisait à avoir la possibilité de se chauffer dans leurs propres appartements. Le fond de la cheminée, en pierre taillée, était parfois équipé d'une plaque de contre-cœur en fonte, ce qui n'était pas le cas dans la modeste demeure qu'occupaient Zélie et ses enfants. La cheminée disposait de deux niches, destinées à y laisser cuire lentement les aliments qui y étaient déposés. Une des deux niches était d'ailleurs équipée d'une porte métallique et faisant fonction de four à pain. Enfin, les pieds des jambages étaient plus larges à la base, taillés avec des facettes, laissant tout de même largement la place pour y installer dans le foyer deux lits (de l'époque) l'un aux pieds de l'autre[3].

Zélie eut tout le temps de laisser errer son regard sur chaque détail de cette cheminée, qu'elle connaissait par cœur, avant que son fils ne pousse la porte, portant un corps sur ses épaules. Elle se précipita vers eux, inquiète. Portant ses mains à son visage, elle reconnut, horrifiée, son futur gendre, dans un état pitoyable, encore à moitié évanoui. Émile se dirigea directement vers le lit de sa mère, placé dans le fond de la pièce principale, non loin de la fameuse cheminée.

---

3 : Voir l'étude sur les cheminées d'Allègre d'André Louppe, Président de l'association Les Amis d'Allègre, « étude sur les cheminées d'Allègre du XVème siècle » (2021).

— Et Eugénie ? balbutia sa mère.

— Je ne sais pas ! Je n'ai trouvé que Georges, dans cet état lamentable, abandonné non loin des restes de la Tour Pouzols.

— Mon Dieu ! Dans quel état il a été mis ! Je le reconnais à peine ! Vite, file chercher le barbier pour qu'il le soigne tandis que je vais préparer des linges humides et des onguents.

En campagne à cette époque, les chirurgiens-barbiers tenaient encore échoppe. Ils officiaient tout à la fois en tant que coiffeurs et en tant que praticiens d'actes médicaux mineurs et de petites chirurgies.

— Non ! Pas ce boucher, expulsa le supplicié en crachant du sang, dans un éclair de lucidité. Par pitié, allez chercher le médecin !

Il venait à peine de revenir à lui. Mais son état d'éveil ne dura pas et il sombra à nouveau dans l'inconscience, sous l'effet de la douleur lancinante.

— C'est vrai qu'il pourrait sans doute le soigner plus efficacement et tenter de le recoudre au mieux, admit sa future belle-mère. Va, mon fils, sans tarder. Va réveiller le docteur Wauthier !

Après avoir été longtemps les seuls dépositaires des compétences médicales, les barbiers étaient désormais concurrencés par les médecins. Ces derniers pratiquaient en libéraux, sans référence quelconque à la religion. Mieux formés que leurs prédécesseurs, ils avaient suivi des études dans les facultés de médecine laïques. En effet, depuis la Révolution, ces lieux de savoir avaient été laïcisés. La formation y était devenue plus académique, plus générale. De leur côté, les chirurgiens-barbiers étaient toujours quasiment formés sur le tas, de manière pratico-pratique. Depuis cinq ans, un premier médecin était venu s'installer dans le village. Sans chercher à concurrencer le barbier, il avait cependant petit à petit inéluctablement grignoté sa patientèle.

Même si les autorités républicaines avaient cherché à laïciser les institutions de santé et de charité, traditionnellement gérées par des congrégations religieuses, il a fallu un certain temps pour que les nouvelles habitudes diffusent jusque dans les campagnes profondes. Dans la situation présente, Zélie n'avait pas à redouter que Charles doive être transporté jusqu'à un établissement hospitalier toujours géré par l'Église. Ces derniers temps, l'ancien Hôtel-Dieu d'Allègre avait laissé la place à une maison de santé, implantée au croisement de la rue du Mont Bar et de celle du Saint Esprit. L'adresse elle-même constituait un vœu pieu de réconciliation entre les deux camps, laïcs et croyants.

À moins que, finalement, si son état le justifiait, accompagnée des parents très catholiques du jeune homme, elle ne soit finalement obligée de l'emmener jusqu'au Puy-en-Velay, à l'hôpital public. Quelles que soient leurs convictions respectives, celles-ci se devaient de rester en retrait lorsqu'il s'agissait de sauver une vie.

— Merci d'être venu en pleine nuit, Docteur !

— C'est normal, Charles..., répondit le médecin en approchant la lampe sur la table de nuit qui jouxtait le lit dans lequel il avait été installé. Je constate surtout qu'Émile n'a pas menti en m'affirmant que tu avais été massacré ! Qui t'a donc fait subir un tel martyr ?

Et Georges, tremblant rétrospectivement de peur, entreprit de narrer sa mésaventure. Pendant ce temps, le médecin soignait ses plaies avec des tissus que Zélie avait apportés et avec de l'alcool qu'il transportait toujours dans sa besace. Parler permettait au jeune homme de moins ressentir les brûlures de l'alcool, appliqué sans anesthésie sur les chairs et la peau décollée. À l'aide d'une pince à épiler, le médecin prit soin d'ôter le moindre fragment d'épine de ronce incrusté dans les chairs. Les variations de luminosité de la flamme de la lampe à huile ne facilitaient pas le travail du médecin, pourtant encore jeune puisqu'il s'était installé sur Allègre à l'issue de ses études. Malgré cette jeunesse, il maîtrisait bien ses gestes, sachant que les premiers soins, dans le cas de coupures et même de décollage de la peau, étaient primordiaux pour réduire au maximum la visibilité des immanquables cicatrices qui allaient marquer à vie la victime.

— Tes yeux n'ont pas été atteints, commenta le médecin. Les paupières si, mais pas la cornée, ni la rétine...

— Et Eugénie, qu'est-elle devenue ? s'enquit Émile.

— Je ne sais pas... Lorsque j'ai perdu connaissance, elle était encore avec moi. Je suppute que Charles l'a emmenée avec elle, si tu n'as pas retrouvé son corps.

— Ou alors, elle se sera enfuie et ce fou l'aura pourchassé dans les champs ! Vite, il faut que j'y retourne pour tenter de la retrouver.

— Va, mon fils ! Ordonna la mère. Va ! Tente de la retrouver ! Mais pas sans arme. Avec ce demeuré, on ne sait jamais.

— Tu as raison.

Après avoir prodigué quelques conseils de bon aloi sur le repos nécessaire pour le blessé, le médecin repartit dans ses pénates pour tenter de poursuivre sa nuit, avant une nouvelle journée qui se promettait – comme toutes les autres, même si c'était un dimanche – d'être bien chargée. Émile regretta de ne pas avoir de fusil de chasse, contrairement à Charles, dont la famille disposait chez elle du fusil de leur grand-père, transmis de génération en génération dans la famille. Inutile de faire un détour et de pénétrer de nuit chez ses parents. Il préféra faire avec les moyens du bord. Il se saisit de la hachette qu'il utilisait pour fendre les bûches et en faire du petit bois pour l'allumage ainsi que du grand couteau de cuisine, utilisé pour découper le gibier. Il ne pensa même pas à embrasser sa mère avant de partir. Cette dernière retourna auprès du blessé, en attendant des nouvelles de ses enfants. Il ne pensa pas non plus à se saisir de la lampe à huile pour mieux distinguer les formes dans la pénombre. Il ne pensait qu'à retrouver sa sœur, avec le fol espoir de retrouvailles inespérées.

Ce n'est qu'une bonne heure après qu'Émile poussa à nouveau la porte. Le visage bandé de toute part, telle une momie, Charles avait fini par trouver le sommeil, à moins qu'il ne s'agisse de l'effet du calmant à base d'opium que le Docteur Wauthier lui avait administré.

Le jeune homme jeta un œil à son ami, sans même interroger sa mère. Comme il le voyait respirer – ou plutôt, qu'il voyait les bandelettes se soulever au rythme de la respiration – il répondit à l'interrogation silencieuse de sa parente.

— Je suis descendu jusqu'à Pouzols, avant de revenir par Bonharmes et le chemin des Rivaux. Enfin, je suis descendu à Combolivier, chez ses parents. Là, j'ai trouvé une lettre pliée en deux et fixée à la porte d'entrée avec mon nom écrit dessus.

— Une lettre qui t'était destinée ?

— Un message de ce saligaud[4] qui t'est autant destiné qu'il ne l'est pour moi !

— Et que dit-il ?

Émile se posa sur une chaise, devant la table. Il soupira. Les traits fermés, il se saisit d'un gobelet en gré dans l'armoire, implantée dans un renfoncement parmi les pierres du mur de la pièce de vie. Il attrapa la bouteille d'eau de vie faite maison que sa mère avait laissée sur la table après avoir offert un petit réconfortant au médecin avant qu'il ne s'en aille. Avec son visage fermé des mauvais jours, en se versant un verre, il lui annonça :

— Si nous voulons revoir Eugénie, il nous demande de lui verser une rançon. Autrement, il affirme qu'il partira à l'autre bout du monde avec elle !

Le visage de la mère changea de couleur, passant par un blanc très pâle de surprise, à un teint glauque, avant de basculer vers un rouge carmin. Elle explosa d'un coup :

— Une rançon ? Partir avec ma fille ? Au bout du monde ? En Argentine, peut-être ? Il en parlait déjà étant enfant de l'Argentine, tu te rappelles.

Son esprit bouillonnait. Elle enchaînait les phrases sans même laisser son fils lui répondre :

— Et combien de rançon ? Il sait qu'on n'a pas le sou pourtant puisqu'il était à l'enterrement de ton père ! Donne-la-moi cette lettre ! Et

---
4 : Injure modérée pour l'époque.

comment il veut partir ? En bateau ? Pour cela, il faut payer le billet. Et le billet pour deux personnes, même en troisième classe, ce n'est pas donné ! Il veut qu'on lui paye le billet de voyage, oui ! Pour lui seulement ? Qu'est-ce qui nous prouve que si on lui verse une rançon, il ne s'enfuira pas avec Eugénie ? Tu me le passes, ce pli, dépêche ! Et ses parents, ils sont au courant de son forfait ? Est-ce que tu les as vu chez eux ? Tu ne les as pas réveillés, bien sûr... Qu'est-ce qu'ils en penseront ? Gustave était là ? Il est aussi dingue que son frère. Donne-moi le papier...

Surmontant son désarroi, Émile termina son verre et répondit, en lui tendant le bout de papier plié en deux :

— Tu crois que je n'ai pas eu le temps de penser à tout cela en revenant ?

Zélie se rapprocha de la cheminée, dans laquelle deux bûches réchauffaient l'atmosphère, pour y trouver un éclairage suffisant afin de lire le document. Elle lut et relut la missive. L'expression de son visage se modifiait à chaque instant, laissant transparaître simultanément un immense désarroi, une lourde peine, et un sentiment de haine grandissant. Sous le choc, parfois, elle prononçait quelques onomatopées, la plupart absente du registre des bons mots.

Pendant ce temps, Émile alla voir son ami, allongé, même s'il lui était impossible de juger de son état, sous les bandages en partie maculés du sang qu'ils absorbaient de ses coupures. Il laissa sa mère prendre connaissance des exigences de Georges.

Ce dernier demandait que ses propres parents ne soient pas informés de son acte, pas plus que la maréchaussée. Autrement, il menaçait de ne jamais libérer Eugénie. Il demandait une somme faramineuse de deux mille Francs[5] pour que la jeune fille recouvre la liberté. Il indiquait ne pas regretter d'avoir « un peu amoché » son ennemi juré puisqu'il avait ravi tout autant le cœur de celle qu'il considérait comme sa promise et l'amitié de son camarade d'enfance. Enfin, il exigeait que la somme lui soit remise avant le jour des morts, soit le lendemain de la Toussaint.

— Mais il ne fait pas interdiction à ce que nous nous mettions à le rechercher par nos propres moyens... réfléchit à toute vitesse Zélie. Mais, enfin ! Deux mille Francs, cela représente un an de salaire pour toi et moi cumulé. Comment pourrions-nous avoir une telle somme ? Comment pourrions-nous nous la procurer ? En dévalisant le denier du culte, peut-être ? C'est ce qu'il s'imagine ? Et même si nous arrivions à nous procurer cette somme ? Qu'est-ce qui nous garantit qu'il ne s'enfuira pas avec l'argent, sans rendre ma fille ? Il faudrait qu'on ne lui verse qu'une partie de la rançon et que l'on dissimule le reste ailleurs, pour que pendant que nous irons libérer Eugénie, il se rende de son côté chercher le reste de l'argent. Il faudrait... Oh, mon Dieu !

Preuve s'il en était qu'elle était à tout le moins troublée et désespérée de la situation présente. En effet, il était rare d'entendre Zélie, la Républicaine, marquer de la sorte son émotion. En une seule soirée, elle avait fait appel par deux fois à celui qu'elle avait appris à adorer durant le catéchisme de son enfance, soit plus que ces dix dernières années ! Elle finit par s'effondrer en larmes.

---

5 : Le salaire annuel ouvrier moyen avoisinait en 1880 les 1000 Francs, soit environ 5000 € actuels.

— Il y a peu de choses que nous puissions faire avant le lever du jour, maman... Aux aurores, j'irai demander de l'aide à Pierre et Louise et les informer de l'infortune de leur fils. Si nous retenons l'option de répondre favorablement aux exigences de Georges, je suis certain qu'ils nous aideront.

— J'espère au moins qu'il ne maltraite pas ma fille...

— Avec lui, il ne faut être sûr de rien, marmonna pour lui-même Émile.

Depuis qu'ils avaient quitté l'école, les deux anciens amis avaient suivi des parcours aux antipodes l'un de l'autre. Lorsque le brun avait travaillé dans les champs, il avait trouvé le moyen de se quereller avec le fermier. Lorsqu'il travailla avec le boulanger, il se fit prendre en train de ramener chez lui des gâteaux invendus... Enfin, c'était son excuse. Il avait tenté sa chance au Puy-en-Velay. Il était ainsi parti pendant plus d'un an. Lorsqu'il revint, il se montra évasif sur ce qu'il avait pu faire dans la préfecture. Émile avait conservé des contacts avec Georges avant son départ aussi il alla le retrouver à son retour de la grande ville. Mais l'accueil c'était avéré plutôt distant. Les seules choses qu'Émile avait comprises étaient que son camarade d'enfance avait bien profité de la vie, en homme libre disait-il. Il s'était vanté d'avoir « troussé de nombreux jupons ». Enfin, il concéda avoir surtout régulièrement fréquenté les bordels installés dans la Préfecture, non loin de la gare qui menait par la voie ferrée à Saint-Étienne, Lyon, puis Paris et Marseille. Tout comme il avait aussi goûté à des demi-mondaines, prostituées non-officielles qui arrondissaient leurs fins de mois en levant la jambe bien haut. C'est du moins ce qu'Émile comprit par les on-dit qu'il entendit sur son vieil ami dans les différents cafés et auberges de la ville que Georges avait pris l'habitude de fréquenter outre mesure. Mais aucune loi n'interdisait ni la vente, ni encore moins la consommation d'alcool à un mineur. Et puis, il n'y avait aucune raison que Georges se montre plus sobre avec le vin, la bière ou le cidre, que son père : les chiens ne font pas des chats, n'est-ce pas !

Il ne l'avait pas plus avoué à son camarade qu'à ses autres connaissances dans le village, mais en recoupant ce que Georges racontait, il était aisé de comprendre qu'il avait fait lorsqu'il séjourna à la Préfecture, un plus ou moins long séjour en prison. Il s'y était encore endurcit. Et son caractère belliqueux ne s'était pas amoindri avec l'âge.

C'était pendant cette période d'absence de Georges au village que Charles commença à fréquenter Eugénie, bien que les deux événements ne soient pas liés. Le rapprochement s'était produit lors des fêtes de la ville, à l'occasion de l'Ascension. Fête religieuse s'il en est, cela n'interdisait nullement les athées à participer aux festivités et réjouissances. Avant le départ de Georges, Émile jouait plutôt, en sa compagnie, aux jeux de force plus qu'à ceux d'adresse. Ils s'inscrivaient ainsi régulièrement au tir à la corde et à la course en sac.

Pendant ces festivités, Émile et Charles s'étaient alors découvert des points communs : à commencer par le jeu de boules, lors duquel ils s'affrontèrent en finale. Jusqu'à présent Émile ne jouait que pour s'amuser, avec sa sœur. D'ailleurs, elle était particulièrement douée pour viser le but avec les grosses boules en bois, tout comme elle l'était au jeu de quilles. À l'issu du challenge, en bon perdant, Émile invita Georges à venir manger un morceau chez lui. Sa sœur était bien entendu de la partie. Et c'est à cette occasion que Charles commença à trouver quelques charmes à la sœur de son ancien ennemi et récent adversaire.

Aussi, de son côté, Georges considérait qu'Émile, en rompant un serment qu'il n'avait jamais fait, était devenu un traître. De son côté, jamais il n'aurait accepté de se lier avec un fervent Catholique. Aussi, vexé par ce qu'il considérait comme une trahison de ses valeurs, il s'était promis un jour de se venger. Et ce jour venait d'arriver. Georges gagnait sur tous les tableaux : il se vengeait de son traître d'ami, il se vengeait de son concurrent en amour, il le rendait infirme dans le domaine du charme en le défigurant et il allait toucher le pactole qui lui permettrait de tout recommencer à zéro loin d'ici, où il n'entrevoyait pour lui aucun avenir agréable. En somme, de son point de vue : pour lui, c'était un juste retour des choses, qui corrigeait la ligne brisée de son destin.

Dans le silence qui s'installa le reste de la nuit dans la paisible demeure, les pensées de chaque être éveillé se tournaient vers l'avenir. L'harmonie qui avait si longtemps régné sur leur petite communauté semblait désormais menacée par des rancœurs enfouies et des querelles anciennes. Mais face à cette tourmente qui s'annonçait, ils étaient résolus à tenir bon et à protéger ce qui leur était cher. En cette nuit où la lumière des étoiles semblait moins éclatante, les cœurs étaient lourds et les esprits tourmentés. Pourtant, l'espoir subsistait encore, fragile lueur dans l'obscurité croissante de leur quotidien. L'avenir, incertain, se dessinait avec des traits de plus en plus sombres, mais au milieu des tourments, les liens familiaux et l'amour restaient leur ultime rempart contre la discorde qui menaçait de tout emporter sur son passage.

Chapitre 4 – à la recherche de sa sœur

Surpris de voir Émile toquer à leur porte de si bonne heure un dimanche matin, Pierre et Louise furent suffoqués d'apprendre les événements de la nuit passée. Louise voulait se ruer au chevet de son fils meurtri mais son époux l'en dissuada :

— Laisse ! Cela ne sert à rien de se morfondre auprès de lui pour le moment. Avec Zélie à ses côtés, il est entre de bonnes mains. Nous avons mieux à faire : il nous faut rameuter du monde pour partir à la recherche de cet infâme pourceau qui a enlevé ta future bru. Je suis persuadé que Charles, lorsqu'il se réveillera, comprendra pourquoi nous ne sommes pas venus le voir immédiatement.

Sur ce, l'homme, robuste personnage aux cheveux grisonnants, s'enquit de faire le tour des maisonnées voisines pour rameuter bon nombre de leurs amis. Il était tout autant persuadé que personne ne refuserait de lui donner un coup de main.

Sa femme fit de même de son côté, allant alerter ses amies. Ils convinrent de se retrouver, après leur campagne de recrutement, dans l'église Saint Martin. Initialement bâtie sur le site de Grazac, en style roman, elle fut reconstruite par Yves II d'Alègre sur le modèle des églises gothiques. Une soixantaine d'années avant les événements de ce jour, elle avait eu le droit à des travaux d'agrandissement, tant le nombre de fidèles qui s'y retrouvaient le dimanche était grand. Cependant, les travaux avaient déstabilisé sa structure. Aussi, elle dut être reconstruire en 1822. Cette nouvelle version du lieu de culte conserva son chœur gothique datant de la fin du XVème siècle. Il fut également doté d'une nef avec tribunes, afin de pouvoir y accueillir un maximum de fidèles, trouvant ainsi une nouvelle solution ne devant pas engendrer de problèmes structurels. Et des fidèles, il en restait encore beaucoup, tant de fervents croyants que de fiers Républicains.

De son côté, après avoir informé et enrôlé nombre de ses connaissances, Émile était venu attendre les parents de Charles qui assistaient à la cérémonie dominicale. Tous deux avaient fait le tour de leurs voisins, connaissances directes et amis. Ils avaient tous compris et admis qu'ils n'avaient pas le choix : la maréchaussée devait être tenue à l'écart, selon les exigences du ravisseur. Tous les gens du village informés de l'ignominie commise, sans exception, s'étaient portés volontaires pour aider.

Il en était de même pour les amis et connaissances d'Émile, à commencer par son patron qui avait, de son côté, convaincu ses autres employés de se joindre au groupe qui allait se constituer.

Le parvis de l'église à l'heure de sortie de la messe constituait pour tous, laïcs comme croyants, le point de ralliement pour l'expédition. Apercevant Émile, un des hommes qui sortait de l'église se dirigea directement vers lui. Ce fervent Catholique lui annonça directement :

— Nous devons sauver Eugénie. Je sais que nous n'avons pas toujours été d'accord sur tout, mais aujourd'hui, nous sommes tous des frères. Nous sommes tous tes frères. Si tu as besoin de notre aide, nous sommes avec toi. Je sais que Charles aurait voulu que nous agissions ensemble également. Au fait, coumo quo' vaï⁶ ?

— Je te mentirais si je te disais qu'il va bien. Il souffre, sur son lit de douleur. Le temps de recouvrer un peu de forces et je pense qu'il se joindra à nous. Mais pour le moment, laissons-le se reposer.

— Tu as raison, Émile, déclara le curé – l'abbé Ducamps – qui venait de sortir à son tour et s'invita dans la conversation. Nos différences doivent être mises de côté. Il en va de la vie d'Eugénie et de l'honneur de ta famille et de celle de Charles. Que pouvons-nous faire ?

— Je pense que vous pouvez prier pour que l'on retrouve ma sœur saine et sauve. Ça ne mange pas de pain ! Ou alors, si vous le souhaitez, vous pouvez vous joindre à nous. Nous allons organiser une battue tout autour du village et plus nous serons nombreux, plus les mailles du filet seront étroites.

— Je vais faire les deux, mon petit, si tu le permets !

Avec son ignominie, Georges avait au moins réussi ce qui paraissait jusqu'ici impossible : unir les deux camps Catholiques et Républicains, pour une cause commune.

— J'ai cru comprendre que Georges exigeait une rançon pour libérer ta sœur ? Je t'assure que je ne l'ai pas élevé de la sorte. Ce qu'il fait n'est pas digne de l'enseignement du catéchisme que je lui ai prodigué, du moins tant qu'il est venu aux séances – avec toi, d'ailleurs – et avant

---

6 : Comment va-t-il ?

qu'il ne fasse sa communion. C'est vrai que je ne l'ai pas revu une seule fois ni à la messe, ni à confesse, depuis lors.

— Malgré tout ce qui nous oppose, je sais que vous avez raison, confirma Émile.

— Je peux vous aider, ta mère et toi, pour réunir la somme demandée si, par jamais, nous ne parvenions pas à retrouver ta sœur nous-mêmes avant la fin de l'ultimatum. Nous aurons besoin de l'aide de tous les habitants du village, croyants ou non croyants.

— Merci, mon Père, se contenta de répondre le frère d'Eugénie, en posant sa dextre sur l'épaule du prélat.

C'était la première fois depuis qu'il avait quitté l'école confessionnelle pour l'école publique qu'il appelait le curé par son titre religieux.

Le père de Charles organisa les troupes. À l'issue de la cérémonie, nombre d'habitants avait rejoint la déjà longue liste de volontaires, certains par compassion, se disant que le drame qui touchait la veuve Zélie aurait très bien pu leur tomber dessus, d'autres juste par solidarité.

Le départ vers les forêts avoisinantes, là où Georges devait vraisemblablement se terrer, fut fixé à midi, soit dans une demi-heure. Il restait juste le temps pour chaque volontaire de passer chez lui, de prendre de quoi manger ou d'avaler rapidement un morceau, de se saisir de son fusil ou, comme l'avait fait déjà Émile, de tout ce qui pouvait servir d'arme pour se défendre – voire attaquer – l'adversaire qu'ils reconnaissaient tous comme étant particulièrement batailleur, méchant et perfide dans les bagarres.

Henri et Jean, les deux frères aînés de Charles devaient passer le dimanche chez leurs parents. Henri était parti travailler loin d'Allègre. Il avait trouvé du travail dans une fonderie installée à Rive de Gier, bien plus loin que Saint-Étienne, et ce depuis une quinzaine d'années. Aussi, il ne revenait que rarement dans sa famille. Mais, bien entendu, dès que les deux frères apprirent la nouvelle en arrivant au matin, ils se rendirent au chevet de leur cadet, en lieu et place de se rendre traditionnellement à la messe, se disant que le prêtre les pardonnerait aisément. Et sinon, ils s'en justifieraient lors du Jugement Dernier. Leurs épouses respectives soutinrent leur belle-mère et s'occupèrent de préparer le repas du midi – très sommaire de fait – tandis qu'elle alertait ses voisines et voisins, avant la cérémonie. Les fils, jeunes et vigoureux, étaient prêts à en découdre et à se battre pour la bonne cause : sauver des griffes du malfaisant leur future belle-sœur. Ils rejoignirent les troupes réunies désormais dans le haut du village, sur la place devant la chapelle de l'Oratoire.

— Eugénie est l'une des nôtres, et elle a besoin de nous. Ensemble, nous pouvons la retrouver ! déclara un homme d'une quarantaine d'année, connu comme un fervent Catholique – voire un Pénitent – en croisant Émile. Nous ne devons pas laisser nos querelles et nos choix différents nous diviser. Face à l'adversité et au Malin, nous devons tous nous retrouver !

Le Maire du village, Républicain confirmé et respecté de tous, même de ses adversaires, assuma ses fonctions en prenant la parole avant que les volontaires ne partent en chasse :

— Marcel a raison. Aujourd'hui, nous devons être unis. Georges est un danger pour nous tous.

Mobilisons nos forces et notre courage. Cependant, je tiens à vous appeler à la retenue. J'ai bien compris le risque et le choix fait par la famille de ne pas prévenir la gendarmerie – pour le moment – mais, je vous conjure de ne pas inverser les rôles en vous rendant coupables d'actes répréhensibles. Retrouvons et saisissons-nous de Georges, mais sans abuser de la force, ni sans commettre l'irréparable. Ensuite, la Justice fera son office !

Bon nombre de femmes du village qui, par tradition et par sécurité, n'étaient pas conviées à participer directement à la traque, s'étaient organisées à la sortie de l'église. En plus d'avoir confectionné un rapide et calorique repas pour leurs maris et fils, elles avaient préparé des provisions destinées à être mises en commun pour le cas où la traque ne fut pas achevée en fin de journée. Personne n'osait évoquer ce qui se passerait le lundi matin si Eugénie n'était pas encore retrouvée.

La soixantaine d'hommes se sépara en une douzaine d'équipes. Émile, Pierre et ses deux fils partirent vers l'Est, chacun à la tête d'un groupe d'hommes. Il fallait tout à la fois que chaque équipe soit performante et qu'elle reste discrète afin de ne pas inciter le fugitif à quitter sa cachette s'il sentait la présence des traqueurs.

Les forêts autour d'Allègre étaient souvent vastes et quasi mystérieuses, mêlant résineux et feuillus, offrant de nombreux endroits où se cacher, en raison de la topographie accidentée liée aux volcans qui avaient façonné le paysage. Elles occupaient une partie des terres, surtout celles qui étaient difficilement cultivables. A contrario, les flancs les mieux exposés du volcan du Mont Bar étaient cultivés et irrigués par l'eau stagnant normalement dans le cratère éteint. Cet espace, naturellement destiné à demeurer en tourbière était drainé de manière à exploiter la ressource naturelle en eau, à tel point que le centre du mesa était désormais laissé à sec plusieurs mois par an. Déjà à cette époque, la ressource en eau était un bien très précieux pour les habitants de la cité, juchée sur l'autre volcan du Mont Baury. De rares sources traversaient le village, et parfois même les habitations. Elles étaient toutefois trop peu nombreuses et prolixes pour subvenir aux besoins en eau domestique. L'eau courante au robinet dans chaque habitation faisait partie des utopies futuristes qui ne se rencontraient que dans les très grandes villes. Les habitants dépendaient principalement des sources, de quelques puits et surtout des fontaines publiques d'eau potable pour leur approvisionnement en eau. L'absence d'eau courante dans chaque habitation posait des problèmes d'hygiène. Les habitants devaient transporter l'eau depuis les points d'eau communs, ce qui limitait la quantité d'eau disponible pour les usages domestiques et l'hygiène personnelle. Les systèmes d'assainissement étaient également primitifs, avec des latrines extérieures et des fosses septiques rudimentaires.

Les terres agricoles étaient principalement utilisées pour l'élevage et pour la culture de céréales : blé, seigle et lin parfois – bien que ce ne soit pas une céréale – ainsi que quelques plantes fourragères pour alimenter et engraisser le bétail. Dans des villages de la taille d'Allègre, les habitants pratiquaient couramment l'agriculture de subsistance. Les familles possédaient quelques parcelles de terrain, soit au droit de leurs habitations lorsqu'elles se trouvaient dans des zones peu denses, soit implantées au beau milieu de champs plus vastes. Elles étaient entretenues par les habitants du centre ancien. Les familles y cultivaient des légumes de toutes sortes, des pommes de terre, parfois aussi des céréales et élevaient des animaux pour leur propre consommation (poules et lapins principalement). Cette pratique était essentielle pour compléter les revenus souvent modestes des ouvriers et artisans et allait perdurer jusqu'à après le second conflit mondial, comme étant le mode de vie normal de toute personne ne résidant pas dans une grande agglomération. Cela expliquait aussi comment ces familles pouvaient financièrement s'en sortir, malgré les sommes plutôt faibles des revenus de leur travail. Par ailleurs, sans pour autant être organisées de manière formelle – comme dans le cas des jardins ouvriers plus tard – ces pratiques étaient souvent communautaires, pour ceux qui n'avaient pas la chance d'avoir hérité d'un lopin de terre suffisamment vaste. Les habitants échangeaient des graines, des plants et des conseils de culture. Les récoltes pouvaient être partagées, et il était courant que les surplus soient échangés contre d'autres biens ou services au sein de la communauté.

De son côté, autour de la ville, l'élevage occupait une place importante, en particulier l'élevage bovin destiné tant à la production de lait qu'à celle de viande. Les prairies naturelles et les pâturages occupaient une place majeure dans la région. Les vaches de plusieurs familles pouvaient être regroupées sur de vastes champs lors de la belle saison et revenir dans des étables plus modestes, où elles passaient l'hiver à deux ou trois, blotties les unes contre les autres, en compagnie des poules et des lapins de la famille. En raison de la déclivité importante sur laquelle le bourg ancien avait été bâti, il n'était ainsi pas rare de trouver ainsi la grange au niveau du second étage d'habitation par rapport à la rue principale, l'accès à la dite-grange s'effectuant depuis un passage et un charreyron, sur l'arrière du bâtiment.

Après avoir traversé Barribas, le groupe guidé par Émile se dirigeait vers le hameau de Chardas. Ils n'avaient rien trouvé dans les champs qui pouvait prouver qu'ils étaient sur une piste. Malgré cela, ils poursuivaient leur parcours, en direction de la forêt dans laquelle chacun savait trouver des champignons à la bonne saison. S'ils ne trouvaient toujours aucune trace du passage du fugitif et de sa captive, ils poursuivraient jusqu'à Juchet puis bifurqueraient vers le Sud, pour retrouver le groupe de Henri.

Après plusieurs heures de recherches, le groupe tomba sur des traces récentes : des empreintes de pas laissées dans un sol humide. Deux personnes étaient passées par-là avant eux, quelques heures auparavant, alors que le secteur était généralement déserté par les hommes, même par les chasseurs de champignons ou de gibier à poil ou à plume. La façon dont les traces étaient imprimées, de manière discontinue, laissaient à penser qu'une des deux personnes était bousculée, poussée, par l'autre, contrainte d'avancer contre sa volonté. Des branches cassées, visiblement volontairement, laissaient à penser également qu'au moins une des deux personnes voulait laisser une trace visible de son passage, comme pour guider d'éventuels pisteurs.

— Cela ne peut être qu'eux... Ils ne doivent pas être loin, murmura Émile. Redoublons de prudence et évitons d'écraser des branches tombées au sol si jamais ils se terraient non loin de nous. Restons silencieux et discrets !

Ils suivirent les traces, leurs cœurs battant la chamade, surtout celui du frère de la victime.

Les forêts étaient exploitées pour le bois de chauffage, le bois de construction et pour les ressources alimentaires comme les champignons et les châtaignes. La gestion forestière était souvent traditionnelle, avec des coupes sélectives et une utilisation des bois morts pour le chauffage. Émile se rappelait que Georges avait participé à la coupe de bois dans ce coin de forêt, lorsqu'il s'essayait à tous les métiers possibles. Ce point renforçait la probabilité que ce soient bien ses traces que le groupe était en train de suivre.

En chemin, ils rencontrèrent quelques obstacles naturels, tel que le ruisseau du Chourioux, non loin de sa source, gonflé des récentes pluies, des ravins escarpés menant vers le hameau de Langlade et un sentier animal tortueux. Chaque homme savait que le moindre faux pas pouvait le conduire à se retrouver six mètres plus bas, dans le ravin, mais la détermination d'Émile les inspirait. Ils imaginaient le supplice qui avait dû être celui de sa sœur lorsqu'elle avait été poussée, la nuit dernière ou au petit matin, sur ce chemin que même un âne n'aurait pas voulu emprunter. Par deux fois, ils remarquèrent la présence d'un morceau d'étoffe accroché à un buisson, probablement arraché à la robe d'Eugénie. Par deux fois également, ils notèrent une marque plus profonde dans la terre, avec deux parties en creux, montrant que la jeune femme avait glissé et s'était retrouvée à genoux dans la fange.

Ils arrivèrent bientôt devant une cabane dissimulée dans les bois. La cabane était en mauvais état, mais il était clair que quelqu'un l'avait récemment occupée, en témoignaient les traces de boue sur le parvis constitué de planches moussues. Il était impossible de distinguer si la cabane était encore occupée, ni par la présence de la lueur d'une bougie derrière les carreaux sales de sa seule fenêtre, ni en identifiant le sens des pas sur le seuil de la porte. En ce milieu d'après-midi, Émile fit signe aux autres de se disperser autour de la cabane pour encercler le lieu. Émile se plaqua le dos contre le bois de la façade, côté porte. Il examina la serrure. Il s'agissait d'un modèle basique de serrure à goupilles en bois, bien évidemment pas un de ces modèles tout récents en métal qui commençaient à se vendre lors des foires régionales. Il lui suffisait donc de soulever le loquet métallique pour déclencher le mécanisme d'ouverture.

Il se glissa contre la porte, souleva le dit-loquet et ouvrit violemment le battant tout en retournant se plaquer contre le mur extérieur, ceci afin de ne pas prendre du plomb si jamais Charles se tenait dans la cabane, prêt à tirer. Mais rien ne vint. Soit le fugitif se terrait et attendait d'avoir une cible bien en vue, soit il n'y avait personne à l'intérieur. Émile voulut en avoir le cœur net. Aussi, il risqua un œil, puis toute la tête. Et enfin, voyant que la cabane était vide, il entra, immédiatement suivi par les trois autres hommes qui s'étaient rapprochés pendant la manœuvre d'ouverture.

La pièce était équipée de manière spartiate : une table en bois, deux vieilles chaises branlantes, dont une était couchée sur le côté, une planche de bois clouée contre le mur à cinquante centimètres du sol, devant servir de literie, et une cheminée au fond de l'unique pièce. L'âtre était peu large mais suffisamment pour réchauffer l'ambiance du local. Quelques ustensiles de cuisine, la plupart en bois, étaient éparpillés sur la table et au sol. Trois gobelets en métal étaient posés sur la dite-table. Deux bouteilles, devant avoir contenu du vin ou du cidre, jonchaient le sol devant la cheminée. Aucun foyer n'avait été allumé dans cet âtre depuis le printemps dernier. Aucun linge, aucun vêtement ne meublait l'espace, à l'exception d'un morceau d'étoffe bleu clair qu'Émile identifia tout de suite comme provenant de la robe longue que portait sa sœur la veille.

En y regardant de plus près, une fois les premières impressions établies, les pisteurs découvraient désormais d'un regard vétilleux un véritable capharnaüm, anormal dans une cabane destinée à tout ermite perdu, qu'il soit pieux ou pouilleux, ou toute personne de passage dans les bois. Les ustensiles et les chaises renversées, le morceau de robe déchirée et jeté dans un coin de la pièce : tout semblait témoigner qu'une lutte avait eu lieu en ces lieux si peu spacieux et poussiéreux. Bien que n'étant pas d'un caractère bilieux, Émile sentit un point noueux se former au milieu de son estomac. Il écarquilla les yeux, comme pour mieux distinguer les détails séditieux, traces laissées au milieu du vieux pieu. Sans chercher à être injurieux, il s'exclama :

— Oh ! Mon Dieu !

Pris d'un besoin impérieux, il dû quitter la pièce pour aller vomir son dernier repas, loin d'avoir été copieux. Curieux, les autres membres de l'expédition accordèrent un regard pointilleux et minutieux au pieu. Des traces de sang, d'un sang malicieux, décoraient, irrespectueux, les lieux. L'un des hommes, cafouilleux, fut atteint d'un besoin contagieux et se rua à son tour à l'extérieur. Tandis que les deux autres trouvèrent plus judicieux de vider le liquide qui restait dans une bouteille au teint terreux abandonnée sur le plumard fallacieux.

De sérieux, le contentieux contre Georges devenait factieux. Tous furieux, ils reprirent, silencieux, leur quête pour retrouver l'ignominieux dans ce bois giboyeux, en le maudissant ainsi que ses aïeux, se demandant s'ils reverraient un jour – et dans quel état – le regard facétieux d'Eugénie. Sans faire ses adieux à ces lieux luxurieux, en un effort prodigieux, Émile entrepris un périlleux discours :

— Messieurs, je vous sais soucieux et anxieux, mais...

Un des hommes interrompit :

— Nous ne serons pas calomnieux, mon vieux. Ce que nous avons compris en ces lieux ne sera jamais dévoilé par l'un d'entre nous même si, pour l'autre, nous ne serons plus jamais miséricordieux.

Et, consciencieux, il cracha par terre en levant sa main. Ses deux compagnons en firent de même. D'un silencieux regard, Émile les remercia d'ainsi préserver l'honneur de sa sœur, avant de repartir, laborieux, sur la piste au sol tantôt bourbeux, boueux, glaiseux, sableux, mousseux, pierreux, cailloteux, marneux ou même ronceux, du fuyard litigieux qui, prétentieux, s'imaginait certainement déjà victorieux.

Tout à coup, la piste bifurqua sur la gauche. La nouvelle piste menait tout droit sur un chemin servant pour le débardage. Il serait plus difficile de la suivre désormais. Cependant, à l'image du Petit Poucet – une histoire enfantine de plus de deux cents ans d'âge qu'Eugénie aimant bien lire et relire étant enfant – l'ingénue avait laissé choir des petits morceaux du tissu déchiré de sa robe le long du chemin. Eugénie enfant ! Que cela semblait désormais bien loin pour son frère préoccupé de son sort. Émile frissonna en pensant que c'était Eugénie qui venait de faire guise de chair fraîche pour l'ogre Georges !

— Par ici ! s'écria un des hommes du village en notant la présence d'un nouveau morceau de tissu bleuté accroché dans une broussaille sur le bas-côté du chemin de terre, malmené par le transport des troncs d'arbres.

En effet, deux branches fraîchement cassées sur le buisson suivant suggéraient que quelqu'un était passé récemment par cette partie de la forêt. Un second morceau de tissu, une vingtaine de mètres plus loin, confirma la piste. Charles avait effectivement emmené sa victime sur des terrains qu'il connaissait. Il se plaçait ainsi en situation avantageuse pour le cas où quelqu'un viendrait à le dénicher.

La petite troupe continua alors sur quelques centaines de mètres avant de parvenir devant une clairière au centre de laquelle un autre cabanon les attendait. Les herbes couchées entre la forêt et l'entrée de la bâtisse trahissaient clairement un passage récent.

— Ils sont là ! J'en suis persuadé, souffla Victor, l'un des trois accompagnateurs.

— Moi aussi, je le pense, répondit Émile. Toutefois, nous ne pouvons pas avancer plus. Il est malin le bougre de saligaud. De là où il est, il ne peut louper personne. Quiconque s'avancerait dans la clairière serait immédiatement repéré et probablement descendu ! Car il doit avoir nécessairement emmené son fusil de chasse.

— Nous devrions attendre la nuit pour nous ruer dans la cabane, proposa Édouard tandis que Gustave restait silencieux, circonspect.

Émile réfléchit. Il devait peser le pour et le contre.

Devait-il attendre la nuit pour pouvoir prendre d'assaut les lieux et avoir une chance de maîtriser le fou, au risque que sa sœur ne subisse encore plus de misères et d'outrages ? Les autres attendaient sa décision. Il finit par se prononcer :

— Édouard et Gustave, partez vers le Sud. Essayez de retrouver l'équipe menée par Henri. Ce sont eux qui sont les plus proches de notre position. Victor et moi, nous allons attendre ici. Tous les deux, vous devriez avoir le temps de retrouver Henri et de revenir avec le renfort de son équipe jusqu'ici avant qu'il ne fasse nuit. Nous ne serons pas trop de huit pour maîtriser cet énergumène.

Et les deux hommes prirent congé. Ils repérèrent bien les lieux de façon à pouvoir revenir sans peine sur place, même s'ils ne s'étaient jusqu'ici jamais aventurés aussi loin du village dans cette direction, et dans les bois.

Ils n'étaient pas partis depuis dix minutes que des cris atroces retentirent en provenance du chalet.

— C'est elle ! C'est Eugénie ! C'est ma sœur ! Si elle crie ainsi, c'est qu'il la torture, la martyrise ou que sais-je encore ?

— Attends, Émile ! C'est peut-être un piège. Si ça se trouve, il cherche à nous obliger à sortir à découvert pour pouvoir nous tirer comme des lapins.

Les cris se firent plus virulents encore. N'y tenant plus, Émile débarla hors de sa cachette, faisant fi des conseils de prudence de son ami. Il se rua vers la cabane, toutefois en tentant de rester le plus penché possible, de façon à raser les herbes qui, finalement, étaient plus grandes qu'il ne paraissait de prime abord.

D'abord hésitant, Victor se mit à courir à son tour, dans le sillage de son ami. Rapidement, ils parvinrent devant la porte du cabanon, qui n'était pas fermée. Sans prendre plus de précautions, Émile la poussa violemment et pénétra dans les lieux, suivi juste derrière lui par Victor. Ce dernier s'écroula soudainement, ayant reçu un formidable coup sur la tête. Les yeux d'Émile étaient habitués à la lumière extérieure, si bien qu'il ne voyait rien dans la cabane. D'autant que les rares fenêtres étaient obstruées. Il se retourna. Il distingua vaguement une silhouette qu'il reconnut comme étant sa sœur, accrochée à un lit à barreaux, la robe entièrement déchirée. Il ne pouvait cependant pas distinguer son visage. Constatant que son ami était à terre, il se retourna et eut juste le temps de voir un poing s'écraser sur son visage. Puis il reçut une volée de coups qui le firent s'évanouir à son tour. Depuis son entrée dans le cabanon, la scène avait duré moins de deux secondes. La dernière impression qui lui vint fut : quelle prestation éclair !

La cabane est en mauvais état, mais il était clair que quelqu'un l'a récemment occupée.

Chapitre 5 – jeu de dupes

Henri était familier des lieux. Il connaissait bien cette partie de forêt. Bien mieux que celle dans lequel ils avaient déniché le fuyard. Il venait ainsi de retrouver les deux membres du commando d'Émile. Pour se faire, ils avaient manifesté fort bruyamment leur présence dans la forêt, de manière à être repérés par l'autre groupe.

> — Moi, je connais mieux cet endroit dont tu nous parles. Il y a un chemin empierré non loin de ce cabanon, menant vers l'Est et la route qui va de Juchet à Duminiac. Si Charles possède une charrette, il n'aura aucun mal à s'enfuir ! estima Henri.

N'ayant découvert aucune trace – et pour cause – l'équipe de Henry avait bifurqué vers le Nord, ce qui avait réduit la distance entre les deux groupes. Ils espéraient de la sorte retrouver la trace de Georges au sein de cette masse de feuillus et de résineux, plantée dans un but de culture. Sans succès non plus car, malgré leur d'espoir de retrouver le fugitif et sa victime, ils n'avaient jusqu'ici trouvé aucun élément leur démontrant qu'ils étaient sur la bonne piste. Lorsque la jonction fut faite, les six membres décidèrent de concert de repartir vers le cabanon.

Plus nombreux et guidés à la fois par Henri et Gustave, ils y parvinrent rapidement. Ils constatèrent que l'herbe était écrasée tout autour du baraquement dont la porte était ouverte. Édouard s'avança prudemment. Il entra seul dans la cabane. Elle était vide d'occupants. En revanche, il remarqua des traces sur le sol, devant la porte et sur ce qui servait de lit. Il fit part de cette désagréable découverte à ses compagnons qui restèrent perplexes.

— Bon, je crains d'avoir eu raison, conclut Henri. En plus de détenir Eugénie dans ses griffes, Georges a maintenant deux prisonniers supplémentaires. Et il s'est enfui avec une charrette qu'il avait dissimulée non loin du cabanon. Regardez les traces, là-bas, un peu plus loin !

Ils levèrent tous les yeux vers les empreintes marquées sur le sol, quelques dizaines de mètres au loin.

— Ça veut dire qu'il peut être très loin maintenant, soupira un des membres de son équipe.

— Pas forcément... En plus d'être particulièrement futé, Georges est retors. Il pourrait tout aussi bien nous duper et se cacher dans l'une des autres cabanes de la forêt.

— Voire même de revenir dans celle-ci, après avoir fait un petit tour de reconnaissance dans les bois... ajouta Gustave.

— Il faudra donc ne pas abandonner les recherches dans le secteur, même si je pense plutôt qu'il a mis les voiles... conclut Henri, avant de proposer de profiter du temps qu'il leur restait, avant la venue de l'obscurité, pour suivre la piste du chariot.

Hélas, comme il fallait s'y attendre, rapidement la piste se perdait sur le chemin de pierres. La terre, collée aux roues de la charrette, s'était décrochée au fil de l'avancée de l'engin. D'autant que le chemin rejoignait la route principale, menant vers Félines. À moins que Georges ne soit finalement parti, dans l'autre sens, vers le Sud...

Pendant ce temps, dans une petite maison abandonnée, isolée en pleine campagne, au Nord du hameau de Joux, à l'orée d'une forêt modeste mais dense et silencieuse car peu giboyeuse, se jouait une confrontation psychologique intense entre deux hommes autrefois amis d'enfance. Charles, l'agresseur de son ancien ami Émile, arborait les traits marqués d'une obsession palpable et d'une profonde inquiétude. En face de lui, Émile, ligoté sur une chaise par une corde en chanvre, était envahi par une confusion profonde, mêlée toutefois d'une détermination sans faille.

Il s'était remis du coup à la tête encaissé quelques heures plus tôt, lorsqu'il avait été capturé dans le cabanon implanté au milieu de la clairière, puis porté comme un sac de patates sur les épaules du ravisseur. La soif et la faim le rongeaient, mais il se refusait à supplier son ancien ami. Se réduire à quémander auprès de son ancien ami n'aurait fait que mettre plus encore en exergue cette situation de faiblesse qui était sienne.

Charles arpentait nerveusement la pièce, faisant les cents pas en jetant des regards furtifs vers la porte de la chambre où Eugénie, son autre captive, était enfermée. Il arrêtait son parcours sans fin de temps en temps, se frottant les mains dans un geste compulsif, comme pour apaiser une agitation intérieure. Émile, bien que ligoté, tentait de garder un air calme et réfléchi, cherchant à cerner les motivations profondes de son ancien ami et à échafauder un plan pour renverser la situation, pour l'instant plutôt désespérée. Le regard insistant d'Émile, qu'il voulait le plus neutre possible, suivait chacun de ses mouvements. Sous cette pression, Georges se sentait mal à l'aise. Inversion des rôles surprenante alors que c'était lui qui possédait toutes les cartes en main : Eugénie, Émile, une cachette introuvable... Mais, bien qu'il se défendît d'avoir encore des sentiments pour son camarade d'école, Charles était possédé par un puissant besoin de reconnaissance. Il était aux abois, luttant contre ses propres sentiments contradictoires. Il n'avait jamais cessé de convoiter Eugénie, d'imaginer une vie parfaite loin de la misère de leurs montagnes natales.

— Ne comprends-tu pas, Émile ? commença Georges, rompant le silence d'une voix tremblante. Je l'ai toujours aimée, tu le sais bien... Et depuis notre enfance... J'ai toujours rêvé de la sauver de cette existence misérable, de lui offrir une vie meilleure, loin de celles que nous gâchons tous perdus au milieu de ces satanées montagnes alors que tant de terres nouvelles n'attendent que nous pour les conquérir ! Charles est incapable de la comprendre comme moi je la comprends !

Il continuait à marcher de long en large, la passion perçant dans chacun de ses mots. Émile leva les yeux, son regard perçant scrutant celui de son ancien ami.

— Georges, ce n'est pas en la soustrayant à son devoir que tu vas lui offrir une vie meilleure. Elle est fiancée à Charles. Elle lui est désormais promise. Tu ne peux pas imposer tes sentiments de cette manière.

— Mais Charles ne la comprendra jamais comme moi je la comprends...

Les poings de Georges se crispèrent. Ses yeux brillaient de passion tout autant que de méfiance. Il approchait d'un point de rupture, où chaque mot pouvait le faire basculer vers l'inflexibilité ou la raison. Il reprit, toujours en faisant les quatre-cents pas dans la pièce, tournant autour de la chaise placée en son centre :

— Charles est incapable de lui apporter tout ce que je peux lui offrir. Il ne la connaît pas depuis aussi longtemps que moi. Je suis prêt à tout pour elle, pour son bonheur. Ne vois-tu pas que je fais tout cela par amour ? Je serai bientôt riche et lui est devenu hideux !

— Georges, je comprends que tu l'aimes, mais l'amour ne justifie pas tout. Eugénie doit pouvoir choisir sa propre vie. Tu ne peux pas la forcer à être avec toi. Tu dois au contraire lui prouver que c'est elle qui te mérite. Pour cela, libère-nous ou au moins libère-la. Montre-toi charitable, insista Émile. Et nous pourrons parler de tout ça calmement. Procédons à une sorte d'échange : elle contre moi ! Et puis, comme ça, tu pourras toujours réclamer ta rançon !

Émile inspira profondément. Il cherchait à trouver les mots justes pour amadouer Georges sans le provoquer davantage, redoutant qu'à tout moment son ancien ami ne replonge dans une colère telle qu'il se ferait massacrer comme Charles l'avait été.

Le visage de Georges se durcit, en témoignait les rides sur son front qui semblaient encore d'avantage creusées que naturellement, ce qui lui faisait paraître bien plus que son âge. Une lueur de doute traversa ses yeux.

— Si je la libère, si je me montre gentil et précautionneux avec elle et que, malgré tout cela, elle ne me choisissait pas ? Que deviendrais-je alors dans l'affaire, Émile ? Toute ma vie, je l'ai attendue. Aujourd'hui, je l'ai... Elle est à moi ! Je ne peux pas la perdre maintenant.

Il interrompit un instant avant de reprendre, fermement décidé :

— Je préfère encore ne pas toucher la rançon que de la perdre ! Au diable cette rançon, que ce soit pour la libérer elle ou pour te libérer toi...

Émile sentit une opportunité se dessiner. Il devait jouer sur les sentiments de son ami, le ramener à la raison en lui montrant une compréhension apparemment sincère. Il enchaîna, adoucissant sa voix et adoptant un ton rassurant :

— Georges, si tu l'aimes vraiment, tu dois la laisser décider par elle-même. Le véritable amour réside dans la liberté. Laisse-la libre de choisir. Si elle te choisit, ce sera parce qu'elle l'aura voulu, pas parce que tu l'auras contrainte et forcée. L'amour, le vrai, ne peut exister que dans la liberté.

Les mots d'Émile résonnèrent dans la pièce, créant un silence lourd et chargé de tension. Le ravisseur, visiblement ébranlé et tourmenté, s'arrêta de marcher et fixa son regard sur son ami. Peut-être pourrait-il encore être aimé. Peut-être existait-il un espoir. Après un long silence, signe d'une intense réflexion, il s'approcha de son ami.

— Et si je vous libérais tous les deux, recevrais-je l'impunité pour la raclée que j'ai infligée à Charles. Et qu'est-ce qui m'assure que tu ne vas pas m'empêcher de revoir et de parler à Eugénie ?

Émile secoua la tête lentement. Il reprit, sur un ton qu'il voulait le plus conciliant possible :

— Je te donne ma parole : je ne veux pas de violence, Charles. Nous devons résoudre cela comme des adultes et comme des amis que nous sommes toujours.

Le silence s'épaissit, les deux hommes se regardant avec une intensité palpable. Charles, après quelques instants, sembla se décider. Il s'approcha lentement d'Émile et défit les liens qui le retenaient.

— Je vais te faire confiance, Émile. J'espère juste ne pas me tromper. Ne me trahis pas...

Georges ne précisa pas d'avantage ses menaces, ce qui n'empêchait pas Émile de parfaitement comprendre que si Georges sentait de sa part le début d'une trahison, il passerait un sale quart d'heure. Il se frotta les poignets endoloris, un léger sourire se formant sur ses lèvres. Il cherchait à conserver une attitude détendue, presque détachée... comme ses poignets.

— Je ne te trahirai pas, Georges. Je veux seulement qu'Eugénie soit en sécurité et heureuse. Comme tout frère le souhaite pour sa sœur.

Georges hocha la tête, bien que l'inquiétude ne quittât pas ses yeux :

— Viens, parlons à Eugénie ensemble. Peut-être pourrons-nous trouver une solution qui convienne à tout le monde.

Les deux hommes se dirigèrent vers la porte de la chambre où Eugénie était retenue, située au même étage que la pièce principale dans laquelle Émile était jusqu'à présent attaché. Georges, bien que toujours sur ses gardes, semblait plus apaisé, plus calme, comme allégé d'une partie du poids qui pesait sur ses épaules. Émile, quant à lui, sentait en lui une détermination renouvelée à sauver sa sœur et à ramener Georges à la raison sans recourir à la violence. Sans le manifester, il restait sur ses gardes, conscient de la fragilité de la situation.

Alors qu'ils approchaient de la porte, Émile ne pouvait s'empêcher de penser à la fragilité des liens qui unissent les êtres humains. Les amitiés et les amours pouvaient être des sources de bonheur immense, mais aussi de conflits dévastateurs. Dans ce moment critique, il comprenait plus que jamais l'importance de savoir rebondir, de savoir repartir après une épreuve, de cette capacité à surmonter les épreuves[7] et à trouver des solutions pacifiques aux conflits les plus intenses.

Lorsqu'ils pénétrèrent dans la chambre, Eugénie, surprise, se redressa, ses yeux grands ouverts chargés de questions et nimbés de soulagement en apercevant son frère et Georges ensemble. Émile s'avança doucement vers elle, lui prenant les mains avec douceur. Il tenta de ne pas montrer son aversion pour le spectacle qu'elle lui offrait : à moitié nue, la robe déchirée de toute part, qui ne couvrait son buste que grâce à un nœud fait avec la manche de son épaule dévoilée, hirsute et le visage couvert des traces de ses innombrables pleurs. Émile ravala sa salive et poursuivit toujours sur le même registre, de manière à amadouer le tortionnaire, espérant que sa sœur ait la présence d'esprit de comprendre qu'il se jouait en réalité de lui :

---

7 : Le terme de résilience ne sera popularisé qu'une cinquantaine d'années plus tard, bien qu'il ait été inventé au XVIIème siècle.

— Eugénie, dit doucement Émile, tout va bien se passer. Georges veut te parler. Nous allons régler cela ensemble, sans violence.

Georges s'approcha à son tour, perturbé par la situation, son visage empreint tout à la fois de sincérité et de douleur.

— Eugénie, je suis désolé pour tout ce qui s'est passé depuis hier soir. Je... je voulais seulement que tu comprennes combien je t'aime.

Eugénie, bien que troublée, sentit de la sincérité dans les mots de Georges, sans pour autant pouvoir comprendre où ces deux hommes voulaient en venir. Elle regarda son frère qui tentait désespérément de lui faire comprendre du regard, avec une multitude de mouvements brusques des pupilles vers le tortionnaire, qu'il fallait qu'elle entre dans le jeu du brun. N'étant pas certain qu'elle soit en état psychologique de comprendre son jeu, Émile ajouta, à son attention :

— Sœurette, je suis sûr que tu comprendras. Je suis certain que tu sauras pardonner, comme il t'a été enseigné, à ceux qui t'ont offensée...

En cela, Émile reprenait les paroles des prières que, l'une comme l'autre, avaient apprises étant enfants et dont, l'une comme l'autre, ils s'étaient moqués à l'adolescence. Ajouté à cela, il y avait le terme familier de « sœurette » qu'Émile n'avait jamais utilisé par amitié à l'endroit de sa sœur. Il réservait ce sobriquet lorsqu'ils étaient parfois en conflit – comme cela arrive au sein de toute famille –. Un sobriquet que la dite- « sœurette » détestait par-dessus tout ! Il poursuivit, pour enfoncer le clou :

— Georges est calmé maintenant. Il est disposé à t'écouter, il est disposé à trouver un terrain d'entente entre nous, à tenter de résoudre ce différent de la manière la plus pacifique possible. Accepte, toi aussi, de rentrer dans de meilleures résolutions.

Et, ce faisant, profitant que Georges se trouvait derrière lui, tandis qu'il tenait affectueusement sa sœur par les épaules, il effectuait une série de grimaces toujours dans l'espoir qu'elle comprenne qu'il n'était pas ni sincère, ni le complice du tortionnaire. Il sentit le pouls de sa sœur, qui était frénétique un instant plus tôt, ralentir bien que restant rapide. Il sentait toujours la peur suinter à travers la peau de la jeune femme. Sans doute finit-elle par comprendre le jeu de son frère car elle répondit, après un long soupir, tant pour se donner du courage que pour s'efforcer de répondre dans le sens attendu :

— Georges, je comprends tes sentiments, mais tu ne peux pas me forcer à t'aimer. L'amour doit être libre. Tu comprends ? J'aurais besoin de temps... De temps et de beaucoup de compassion et de patience.

La voix hésitante de la jeune femme sembla apaiser le brun. Georges semblait se détendre, entrevoyant un changement dans l'attitude de la femme désirée. En croisant son regard, la jeune martyre constata que la flamme de haine qui l'animait encore un instant plus tôt avait disparu. Hélas, elle ajouta des mots qu'elle regretta immédiatement :

— Je suis toujours fiancée à Charles parce que je l'aime. Tu dois accepter cela.

Elle espérait que Georges aller baisser les yeux, gêné et conscient de l'embarras causé par son comportement mais il n'en fut rien. Bien au contraire. L'expression de Georges changea instantanément. Sa douceur laissa place à une rage fulgurante de constater qu'elle n'avait pas changé d'état d'esprit envers son concurrent. Il s'avança brusquement, leva la main et la gifla violemment. La jeune femme, sonnée sur le coup, retomba en arrière sur le lit, son corps meurtri exposé à la vue de tous. Le bricolage avec sa robe qu'elle était parvenue à faire tenir pour couvrir sa poitrine et masquer les marques de coups reçus, avait cédé.

Tentant de profiter de l'instant, fou de colère et d'inquiétude, Émile se saisit d'une carafe en terre cuite posée sur une table, non loin du lit. Il l'abattit sur le crâne de la brute, ce qui ne fit à cette dernière ni chaud ni froid. Ou plutôt, cela décupla en lui la volonté de défoncer la tête de son ancien ami. Ce fut alors une nouvelle crise de folie qui s'empara du jeune homme, ne retenant pas ses coups, comme lorsqu'il avait mis Charles à terre. Le combat fut bref et inégal. Émile ne parvenait pas à riposter ou alors si peu. Il encaissait coup sur coup, au visage, au thorax, au ventre. Le souffle coupé et le nez en sang, il tomba à genoux et parvient juste à souffler :

> — Pitié ! Au nom de notre ancienne amitié, Georges, pitié ! Arrête !

À la fois pour achever le combat – à sens unique – et pour répondre favorablement à cette supplique, Georges, haletant, asséna un coup d'une rare violence sous le menton d'Émile qui bascula en arrière. Son corps demeura allongé, inerte. Georges se redressa et contempla la scène. Pendant que son adrénaline redescendait, il comprit qu'il avait été berné par

Émile. Pourtant, il ne ressentait pas une haine farouche contre le blond. Aussi, il ne s'acharna pas contre lui. Il entreprit de le déplacer jusqu'au pied du lit à barreaux métalliques. Comme reprenant conscience de ses actes, il se contenta de l'attacher, sans poursuivre davantage sa furie, avec une corde qu'il savait pouvoir trouver dans un placard de l'habitation. Dès que cela fut fait, il en fit de même avec Eugénie, qu'il allongea sur le matelas, dépourvu de draps et de couverture. Il ne prit même pas la peine de recouvrir sa poitrine meurtrie avec les lambeaux de sa robe. Il la contempla un instant, torturé entre l'envie et la haine.

Georges retourna dans la pièce principale, se saisit de la chaise et revint s'installer devant la porte de la chambre, juste en face du lit, pour pouvoir réfléchir. Il regardait avec envie le corps de la jeune femme. Après de longues minutes dans cette position, il finit par se résigner : jamais elle ne voudrait partir avec lui. Il ferait mieux de l'oublier. Elle ne ferait pas partie de sa nouvelle vie, en Argentine. Elle ne savait pas ce qu'elle perdait...

Après tout, la présence d'Émile changeait la donne. Il avait désormais deux otages. Il pouvait ainsi demander une rançon deux fois supérieure... D'autant qu'il détenait aussi Victor, qu'il avait laissé, bâillonné et saucissonné comme un produit local, dans la grange attenante. Mais la valeur marchande de ce dernier n'était pas aussi élevée que celle de ses deux autres prisonniers. Ce n'est pas parce que Victor s'était joint aux autres hommes du village pour tenter de délivrer la « belle princesse ingénue », comme dans les fables pour enfants, que cela faisait de lui un « preux chevalier ». C'était un manant et il resterait dans cet état toute sa vie. Ainsi, Georges entrevoyait une utilité à ce boulet : l'utiliser comme messager. Il fallait l'assommer à nouveau – chose on ne pouvait plus facile – et le déposer n'importe où dans la campagne, loin de la ferme abandonnée où il détenait la fratrie de Zélie, avec un message réclamant le double de rançon désormais.

Finalement, il n'avait pas perdu sa journée. S'il avait à tout jamais perdu l'espoir d'être un jour aimé d'Eugénie, il avait gagné le droit de rêver à un avenir deux fois plus rupin.

Chapitre 6 – tortures

— Émile ! Émile, tu m'entends ?

— Oui, je t'entend, répondit le jeune homme dont la tête tournait promptement. Qu'est-ce qu'il m'a mis le salaud... Pourtant, ce n'est rien en comparaison avec ce qu'à subit...

Se rendant compte, à contre-temps, que sa sœur ne devait probablement pas être au courant de l'état dans lequel se trouvait finalement son fiancé – à moins que, pour la torturer mentalement, Georges ne se soit vanté d'avoir à ce point amoché Charles – il se tut et enchaîna sur un autre point. Il ne souhaitait pas rajouter une douleur morale supplémentaire à celle qu'il savait avoir souffert déjà dans sa chair.

— Je suis ficelé comme un gigot. Je ne peux même pas bouger un bras pour me gratter le nez !

— C'est avec ton bras que tu comptais te gratter le nez... Je savais que tu avais le bras long, mais à ce point, pouffa la jeune femme, dont le sens de l'humour n'avait pas succombé aux dernières épreuves de la vie.

— Bon ! Au moins, je te retrouve un peu..., lança son frère dans un soupir.

— Tu en doutais ? Tu me déçois... Je suis bien parvenue à déchiffrer ton double-jeu avec Georges.

— Tu as toujours été la plus intelligente de nous deux. Dommage que lui aussi ait compris que je me jouais de lui pour tenter de le piéger au moment où il aurait relâché sa vigilance. Il est où, d'abord ? À côté ?

— Je ne sais pas, soupira la jeune blonde, en tentant de se redresser sur le lit. Je vais te paraître égoïste mais je me sens mieux maintenant que tu es à mes côtés. Je n'aurai plus peur à en hurler à chaque fois que Georges pénétrera dans la pièce, comme à chaque fois qu'il me regardait, lorsqu'il me retenait dans le cabanon !

Si son frère avait les mains retenues par une corde qui le ceinturait au niveau de la poitrine et des cuisses, elle n'était solidarisée avec la literie qu'au niveau de la taille. Elle reprit :

— Je ne vois pas dans la pièce d'à côté. Je n'entends pas de bruit depuis que je suis revenue à moi. Il est possible qu'il soit sorti.

— Ouais... Ou alors, il attend sournoisement que nous tentions de nous détacher pour resserrer d'avantage nos liens.

— Tu es venu pour me délivrer, Émile... Mais tu vois où cela t'a mené ! Tu aurais mieux fait de ne pas venir me chercher.

— Ça ! Il ne fallait pas y compter. Tu es ma sœur et jamais je ne te laisserai tomber, quoi qu'il arrive ! D'ailleurs, comme beaucoup de personnes en ville, si pareil malheur avait concerné une autre fille, je me serais porté volontaire pour partir à sa rescousse... Au fait, sais-tu ce qu'est devenu Victor ? Il était avec moi dans la cabane.

Émile s'interrompit en entendant sa sœur pleurer.

— Qu'as-tu, petite sœur ?

— Je suis devenue une fille indigne... Une fille de petite vertu...

Émile ne savait quoi répondre pour réconforter sa sœur. Après avoir constaté, lui comme les autres, la présence de sang sur le lit dans lequel elle avait été séquestrée la nuit précédente, il s'était douté que l'irréparable avait été commis par Georges à l'encontre de la jeune fille.

— Je... Je ne sais pas quoi te dire, Eugénie. Ce qu'il t'a fait c'est comme s'il me l'avait fait à moi. Même si cela ne me fait pas aussi mal qu'à toi physiquement, cela me blesse tout autant psychologiquement. Mais il ne faut pas que tu sombres... Sinon, en plus de t'avoir volé ton innocence, il t'aura détruite entièrement !

— Il y a des choses qu'une femme sait mais qu'un homme ne peut pas connaître, articula la jeune femme entre deux sanglots.

— Que veux-tu dire ? demanda, de plus en plus inquiet, son frère.

— Je sais compter les jours. Notre mère me l'a appris, comme sa mère avait fait de même avec elle. Je sais donc quand je dois avoir un rapport avec un homme pour tomber enceinte.

Émile réfléchit instantanément et en arriva à une conclusion qu'il n'osait entrevoir :

— Tu veux dire... dire que...

— Oui, il m'a prise en pleine période propice. Le risque que je sois désormais enceinte est véritablement fort important.

Émile sentit sa haine envers son ancien ami redoubler d'intensité, attisant son désir de violence et de vengeance. S'il avait pu, il aurait déchiré ses liens et se serait rué pour étrangler de ses mains l'infâme pourceau. Mais il était trop rudement attaché et il ne savait pas où le mécréant était parti.

En cette fin XIXème siècle, les normes sociales et les attentes concernant la sexualité et le mariage étaient très strictes, surtout en ce qui concernait la chasteté des femmes avant le mariage. Les valeurs morales strictes prévalaient, mettant l'accent sur la moralité et la chasteté féminine. La perte de la virginité d'une femme avant le mariage était considérée comme une atteinte à son honneur et à celui de sa famille, même au sein des familles non-pratiquantes. La société accordait une grande importance à la pureté sexuelle des femmes avant le mariage à tel point que, si une femme avait été déflorée, même sans son consentement, elle était souvent pressée par sa famille elle-même et par la société de se marier avec l'auteur de l'acte afin de réparer son honneur. Il était alors admis que ces deux-là aient pris une petite avance sur ce qui leur était permis... Peu importait alors les sentiments réciproques entre les deux protagonistes. D'autant que, bien que moins pénibles en campagne, les conditions de vie restaient précaires et les normes sociales strictes. Cela accroissait les pressions pour maintenir les apparences de respectabilité, même dans des situations de grande pauvreté et de désespoir. Ainsi, les femmes étaient souvent contraintes par les attentes sociales et économiques à se lier par un mariage non-désiré pour éviter la honte et la marginalisation sociale.

Émile s'était fait à l'idée que Charles devienne son beau-frère, malgré ce qui les divisaient autrefois. En revanche, il n'avait pas le moins du monde envie que Georges vienne manger tous les dimanches midi, en conquérant, chez sa mère !

Mais, il savait que les femmes n'avaient que peu souvent le contrôle sur leur propre vie sexuelle et matrimoniale. Elles devaient se conformer aux attentes de la société, même au détriment de leur propre bonheur et de leur bien-être. Pour Émile et plus généralement pour la société, jusqu'à présent la situation de sa sœur était simple et claire : un seul prétendant avait réellement manifesté de l'intérêt pour elle. Cette dernière et l'impétrant s'étaient alors fréquentés. Ils s'étaient plus mutuellement. Ils s'étaient ensuite officiellement fiancés. Passée l'année de fiançailles, si rien n'était venu se placer en eux, ils auraient dû se marier. Mais voilà ! Il venait de se passer quelque chose. Quelque chose de terrible, que personne ne pouvait souhaiter, pas plus à sa sœur qu'à n'importe quelle autre jeune fille !

En plus, dans la société, les femmes victimes de viol ou d'abus sexuels étaient souvent stigmatisées et tenues responsables de la perte de leur honneur. Jamais, ce n'étaient leurs agresseurs qui étaient mis en cause. Si la jeune fille n'avait pas su rester pure, c'était toujours sa faute : elle n'avait qu'à se défendre. Un simple coup de genou dans les parties de l'agresseur, et l'affaire n'était pas conclue !

Oui mais... Eugénie était-elle libre de ses gestes et consciente lorsqu'il s'empara de sa fleur ?

De toute manière, les circonstances importaient peu, seul le résultat comptait et renforçait la pression pour que la fille déflorée se marie avec son agresseur.

Effectivement, Georges était en droit de penser avoir tout gagné dans cette affaire !

Pendant de longues minutes, les deux captifs restèrent silencieux. De temps en temps, un sanglot de l'un ou de l'autre rompait le silence. Ce silence était plutôt constitué d'un bruit de fond. Le bruit du vent sifflant dans un grand arbre planté devant la fenêtre. Depuis cette ouverture sur le monde libre, ils pouvaient voir passer des nuages annonçant une pluie prochaine. Une pluie qui ne manquerait pas de tomber, plus tard, en soirée, atténuant d'autant le silence ambiant. Si le mouvement des branches pouvait les renseigner sur l'alignement de leur maison de captivité, cela ne leur servait à rien pour ce qui était de sa localisation.

Émile se morfondait. Il pensait à ce qui se racontait, dans le village, sur Georges et sur ses mœurs dissolues lorsqu'il séjourna au Puy-en-Velay. Sa réputation en avait pris un certain coup, même s'il avait ainsi acquis ses galons de petit truand. Il aimait raconter que, au moins une fois par semaine, il fréquentait les professionnelles ou les demi-mondaines – comme il appelait celles qui pratiquaient des actes tarifés à la sauvette, sans posséder leur carte professionnelle de prostituée – .

Et Émile était d'autant plus inquiet qu'il avait dernièrement assisté à une séance d'information, donnée dans la salle commune, par un médecin et une infirmière, venus tout spécialement de Paris pour répandre – non pas une maladie – mais la bonne parole et prodiguer des conseils sur le bon comportement et les bonnes attitudes à avoir en matière de mœurs légères.

Avant cela, il savait que la syphilis et la gonorrhée étaient les maladies sexuellement transmissibles les plus fréquentes en France à cette époque. Lors de cette présentation, il apprit en outre qu'environ cinq à dix pour cent de la population étaient atteint dans les grandes villes, principalement en raison de l'absence de prévention et de recours aux moyens de protection courants. Par ailleurs, la prévalence dans les populations à risque était bien plus importante, pouvant atteindre une personne sur deux dans le cas de la syphilis et de la gonorrhée. Lorsqu'une professionnelle de la galanterie était contaminée, cela mettait ainsi fin à une carrière et à une célébrité tout autant locale que transitoire. Comme, à cette époque, la pénicilline n'était pas encore utilisée comme moyen de traitement, nombre de prostituées et de leurs clients étaient astreints à recourir à des traitements qui, la plupart du temps, se montraient pour finir inefficaces et parfois même toxiques. La syphilis était ainsi traitée avec des composés mercuriels que les spécialistes parisiens n'eurent cependant pas l'outrecuidance de présenter comme la panacée universelle. Au contraire, leur discours était clairement orienté pour dissuader les personnes tentées par ce genre d'expérience. Ils comparaient une partie de jambes en l'air tarifée avec un véritable un saut dans le vide, depuis le haut d'une falaise, dans une masse de brouillard remplissant toute la vallée...

Connue depuis le XVème siècle, la syphilis était une des MST qui faisait le plus peur. En cela, elle agissait en chiffon rouge. Cette maladie se manifestait par des symptômes évolutifs, en plusieurs stades. En première phase, moins d'un mois après la contamination, elle se manifestait par des éruptions cutanées, des chancres – plaies rondes, indolores et dures – apparaissant sur les organes génitaux et pouvaient passer inaperçus. Elles disparaissaient au bout d'une semaine environ. Puis, en seconde phase, des éruptions cutanées sur les paumes des mains et la plante des pieds manifestaient la présence de l'infection, ainsi que des lésions blanches sur les lèvres, l'anus, les zones chaudes et humides du corps et là où s'était développé un chancre. C'était souvent à ce moment seulement que la personne et son entourage prenaient conscience de la contamination. Puis il fallait attendre, parfois jusqu'à vingt ans, pour qu'apparaissent des lésions cérébrales et cardiovasculaires.

De son côté, la gonorrhée, aussi connue sous le nom de blennorragie, était une infection bactérienne provoquant des écoulements purulents et des douleurs urinaires, d'où son appellation plus répandue de chaude pisse.

D'un rapide calcul, Émile se dit que sa sœur avait une malchance sur quatre, en plus de son déshonneur, d'avoir contracté involontairement une de ses deux saloperies.

En cette fin de XIXème siècle, grâce donc à des informations effectuées dans les mairies et les salles communales de rencontres publiques, le grand public avait pu prendre conscience de l'impact des maladies sexuellement transmissibles sur la santé publique. Cependant, les traitements étant limités, les efforts de prévention se concentraient sur la promotion de l'abstinence, la fidélité et, dans certains cas, l'utilisation de préservatifs, bien que leur utilisation ne soit pas encore généralisée. Ces campagnes de sensibilisation se fondaient généralement sur le placardage d'affiches et la mise à disposition de brochures alarmistes. De leur côté, en tant que principal vecteur de transmission de ces maladies, les prostituées étaient soumises à des examens médicaux réguliers. Cela évitait la diffusion de la maladie à grande échelle, mais ne l'éradiquait pas puisqu'elle trouvait, entre autres, d'autres vecteurs de contamination, telles que les pratiques clandestines, non-officielles, commises par des filles non-enregistrées par la maréchaussée. En effet, les filles exerçant « le plus vieux métier du monde » devaient, depuis le début de ce siècle, se faire enregistrer comme telles. Ce fichage permettait de contenir et de contrôler la prostitution et de limiter la propagation des maladies vénériennes. Ainsi, n'était pas péripatéticienne qui voulait ! Ce système réglementariste imposait quatre contraintes majeures aux professionnelles du sexe.

Elles devaient ainsi d'abord s'inscrire auprès de la police des mœurs. Cet enregistrement incluait l'enregistrement de leurs données personnelles ainsi que souvent la prise d'une photographie.

Les prostituées enregistrées étaient ensuite tenues de se soumettre à des visites médicales régulières pour détecter et traiter les maladies sexuellement transmissibles, principalement la syphilis. Ces examens pouvaient être effectués jusqu'à une fois par semaine, dans les grands centres urbains.

Les maisons closes, aussi désignées comme « maisons de tolérance », étaient des établissements réglementés où les prostituées travaillaient sous la surveillance des autorités. Les propriétaires de ces maisons devaient obtenir une licence et se conformer à des règles strictes concernant l'hygiène et la conduite.

Enfin, les prostituées titulaires possédaient aussi, souvent, un carnet sanitaire, qui documentait leurs visites médicales et leur état de santé. Ce carnet devait être présenté lors de tout contrôle de police.

Malgré cela, les maladies vénériennes se répandaient en raison du temps de latence entre la contamination et la détection. C'est ainsi que bon nombre de clients qui, eux, n'étaient pas contrôlés, puisqu'ils effectuaient des achats de prestations de services en règle, pouvaient devenir à leur tour des vecteurs de contamination.

La porte de la chambre s'ouvrit brusquement. Georges, triomphant, fit son entrée, en constatant :

— Tiens ! Vous êtes réveillés, mes faignants !

Émile lui lança un regard méprisant.

— Quoi ? s'exclama le ravisseur. Tu fais la tête parce que tu n'as pas eu le même traitement de faveur que l'autre abruti de Charles !

Sur ce, Eugénie, qui n'était encore au courant de rien concernant son fiancé, éructa, redoutant que le pire soit arrivé :

— De quoi tu parles ? Qu'est-ce que tu as fait à mon Charles ?

— Ton Charles... Ou du moins, ce qu'il en reste – demande à ton frère préféré – doit plus ressembler à une vitrine de mercerie, avec toutes les pressions, les lacets et les corsets qui lui zèbrent le visage désormais[8].

Eugénie se remémora l'horrible spectacle de son futur mari succombant sous les coups assénés par des tiges de ronce. Georges ne lui avait rien révélé de ce qu'il était advenu après, trop occupé qu'il était à prendre du bon temps aux dépends de la jeune femme. Cette dernière se laissa retomber sur le matelas, n'osant imaginer ce que le bourreau avait pu faire ensuite subir à Charles. Le tortionnaire vint s'asseoir près d'elle, tournant le dos à son frère. Il murmura à la jeune blonde en pleurs :

---

8 : Georges aurait pu dire « fermetures éclair » si celles-ci avaient été inventées avant 1893.

— Il n'était déjà pas très beau avant que je ne lui refasse le portrait, mais maintenant, c'est à peine si tu le reconnaîtrais. Ou alors, comme beaucoup, je pense, tu préféreras détourner le regard plutôt que de faire face à une telle face immonde et répugnante, avec toutes ses scarifications, cicatrices, bosses, creux et pustules purulentes qui ne parviendront jamais à se refermer entièrement ni à se soigner... Même que les vieux qui ne le connaissent pas, en le croisant, se diront : « Tiens ! En voilà un qui a fait la guerre et qui a été torturé par ses salauds de Prussiens ! » Les enfants, en revanche, fuiront devant tant de laideur... Je parie même que le Maire pondra un arrêté l'obligeant à sortir dans la rue avec un masque sur la trogne ! Et une trogne franchement fort mal découpée, pire que quand c'est le Maurice qui taille les arbres aux bords de ses champs ! Le pire, peut-être, pour un vitrier, c'est d'avoir une trogne à ce point coupée et rafistolée sans même être passé à travers une vitre ! C'est quand même un comble !

Et il partit d'un rire gras qui ne fit que renforcer la tristesse d'Eugénie et la rancœur de son frère. Ce dernier serra davantage encore ses poings liés. Georges se retourna vers lui :

— Mais au fait, j'y pense... Je ne t'ai pas fait l'honneur de te refaire le portrait de la même manière, mon vieil ami... Il va falloir que je remédie à cela. Vous vouliez devenir beaux-frères... Vous allez ainsi devenir moches-frangins ! Laisse-moi juste le temps d'aller cueillir quelques branches de ronces bien grasses et tu m'en diras des nouvelles ! Comme cela aussi, en ville, les mamies diront en vous voyant que « les deux font la paire ». Après tout, qu'est-ce que cela peut faire que je te rende à ta mère, amoché ou non ! Tu seras, pour elle – mais pour elle seulement – toujours son petit pitchounet adoré, même s'il faudra le garder en cage pour qu'il n'effraie pas les voisins, le petit pitchounet en question ! Et ton prix de rachat n'en sera pas réduit pour autant !

Et Georges repartit de son même rire infâme, sortant en claquant la porte de la chambre.

Georges, installé à l'affût assis sur une chaise placée au centre de la pièce dans laquelle donnait la porte d'entrée, remarqua les bruits à l'extérieur.

Chapitre 7 – assaut

Victor s'était réveillé avant que Georges n'entreprenne de le relâcher. Même si à son réveil, il se retrouvait dans le noir, malgré le soleil qui éclairait l'extérieur de son lieu de captivité, il possédait suffisamment d'acuité visuelle pour distinguer le contour des objets l'entourant. Le dos appuyé, ses jambes étaient allongées à même le sol en terre sèche. Des fourches et des outils de culture l'entouraient. Au-dessus de lui, un faîte de toit placé haut laissé pénétrer un fin rayon de soleil par quelques trous causés par des guêpes. Victor comprit qu'il se trouvait dans une grange. Les outils étaient couverts de toiles d'araignées, tout comme la poutre à laquelle il était attaché. Donc l'exploitation n'était plus en activité, au moins depuis une saison. Il ne devait pas être loin du cabanon dans lequel il avait été attaqué par le ravisseur. En effet, il faisait encore jour. Et Victor était persuadé de ne pas être resté évanoui longtemps. Il essaya de se redresser, de se lever. Ses liens étaient trop serrés pour qu'il y parvienne, mais ces poignets n'étant pas entravés, il pouvait attraper le fourrage qui était encore stocké en botte derrière lui, un fourrage dont la couleur lui paraissait surprenante, même dans la semi-obscurité qui régnait. Il attrapa une poignée de branches sèches et les fourra dans la poche de son pantalon. Il sentait que cela pouvait lui être utile pour identifier la grange où il était retenu, si toutefois il parvenait à s'enfuir.

Il n'eut pas le temps de réfléchir davantage. La lourde porte en bois s'ouvrit. La lumière qui envahit les lieux éblouit le captif. Il devina une masse sombre se rapprocher vivement de lui pour lui administrer de violents coups au plexus solaire et au visage. Rapidement, il perdit à nouveau connaissance.

Lorsqu'il revint de nouveau à lui, il se retrouvait seul, allongé dans un fossé le long d'un chemin. Un peu sonné, il sentit sa tête tourner lorsqu'il essaya de se lever. Après quelques minutes assis afin de recouvrer tous ses esprits, Victor examina les alentours. Il se retrouvait au beau milieu des champs, sur un chemin séparant deux exploitations agricoles. Il observa la position du soleil, bas dans le ciel. Il observa l'horizon tous azimuths. Il en conclut qu'il devait se trouver à l'Est du Mont Bar, à environ trois kilomètres du volcan, vers les Viailles ou le Montredon. Allègre se trouvait juste à l'opposé. Il décida d'avancer vers le soleil couchant, le laissant sur sa gauche, de manière à se diriger plein Ouest, en direction de sa ville natale.

En marchant, il ausculta de sa dextre son visage, ses côtes, sa tête, son torse, ses articulations son dos... Il fut quelque peu étonné de s'en être tiré à si bon compte, sans avoir été amoché par Georges, surtout en comparaison de l'état dans lequel le tortionnaire avait laissé Charles. Dans une poche de son pantalon, il trouva une feuille de papier, pliée en quatre. Tout en continuant de marcher, il entreprit de la lire.

— Bon sang ! Il ne manque pas d'air !

Victor venait de prendre connaissance des nouvelles exigences de Georges : désormais détenant deux otages, il demandait le double de rançon pour les libérer tous les deux, en précisant que « si seulement deux milles Francs devaient m'être remis, je rendrais alors seulement la moitié du frère et la moitié de la sœur. »

— Toujours aussi fou ! soupira le jeune homme en arrivant à une bifurcation.

Il reconnut les lieux. Il savait qu'Allègre se trouvait à une petite heure à pied et entreprit de s'y rendre le plus prestement possible. Arrivé à mi-chemin, près de Ceaux-d'Allègre, il tomba sur l'équipe qui était partie en même temps que lui, menée par le père du supplicié. Ils échangèrent rapidement et prirent une décision. Victor, déjà bien fatigué et éprouvé allait continuer jusqu'au village pour informer Zélie, Louise et tous les volontaires de retour en ville, tandis que l'équipe de Pierre allait partir directement vers le lieu de captivité. En effet, Pierre pensait avoir identifié la ferme dans laquelle Victor avait été retenu. En examinant les branches et les fleurs séchées, dérobée dans la grange, il avait aisément reconnu du lin. À cette époque, la culture du lin commençait déjà à décliner en raison de la concurrence des fibres textiles synthétiques et du coton importé, bien moins chers. Sa culture résiduelle était utilisée localement, pour fabriquer draps, vêtement ou serviettes et tissus. La culture du lin était fort ancienne en Auvergne comme partout en France. Cultivé pour sa fibre utilisée dans la fabrication de textiles, ses graines étaient également mises à contribution pour produire de l'huile de lin.

La culture du lin ne subsistait donc plus que de manière marginale, ne servant que de culture d'appoint ou pour une forme d'assolement. Pierre savait qu'un exploitant, réputé pour ne pas avoir inventé le fil à couper le beurre, s'était lancé dans la culture du lin à fleurs rouges, plus grosses que celles, bleues, du lin classique. Il espérait ainsi pouvoir venir concurrencer le coton avec un produit à la fois rustique et moderne. Hélas, il avait été induit en erreur – probablement volontairement – par le commercial qui était venu lui vanter les mérites du lin rouge. Sans en informer les autres paysans, afin de garder le monopole de cette martingale, le fermier avait converti toute son exploitation dans l'optique de conquérir le marché local du lin. Et, quand l'heure de la récolte fut venue, il se trouva fort dépourvu quand personne ne voulut lui acheter sa production. En effet, si les fleurs rouges sont plus grosses et plus voyantes, elles donnent des graines qui ne produisent pas d'huile. En outre, les fibres des tiges sont cassantes. Ce n'est qu'une fois le champ coupé et les fleurs fanées que le malheureux apprit que le lin rouge ne servait que pour orner les bouquets de fleurs coupées ! Elles étaient, lorsque c'était le cas ailleurs, exploitées dans cet unique but.

Célibataire, ruiné et pénétré d'un sentiment d'humiliation, avec cette tentative malheureuse, l'exploitant avait mis fin à ses jours. Cela se déroulait voici sept ans. Ce ne fut qu'au milieu de l'hiver suivant, pendant une période de redoux, qu'un voisin, constatant que les champs n'étaient pas labourés, le retrouva pendu dans sa grange, remplie de fagots de lin rouge inutilisables. Personne n'avait repris ni sa ferme, ni ses champs. Du moins, jusqu'à maintenant.

— Tu vois, ses fleurs sont des fleurs de lin… conclut Pierre. Mais bien plus grosses que les fleurs normales. Ce sont donc des fleurs de lin rouge. En plus, lorsque je presse la tige entre mes doigts, elle s'effrite en une poudre fine, sans fibres ! Dans le coin, il n'y a eu qu'un seul endroit où ce type de lin a été exploité. Et je sais où se trouve cette exploitation. Victor, retourne en ville et envoie tous ceux qui le voudront bien à la ferme Partizot, à Joux. C'est là qu'Eugénie et Émile doivent être détenus !

Et sans plus attendre, la troupe déjà sur place se mit en marche en direction de la dite-ferme qu'ils atteignirent au bout de deux heures de marche.

— Devons-nous attendre des renforts ? s'enquit l'un des hommes de l'équipée.

— Ce serait préférable... Plus nous serons nombreux et plus nous pouvons espérer convaincre Georges de revenir à la raison, sans compromettre la vie de ses prisonniers. Il doit bien lui rester un éclair de lucidité dans son esprit dérangé... S'il constate qu'il est fait comme un rat, qu'il n'obtiendra pas ce qu'il veut, il peut encore au moins tenter de préserver sa vie, qu'il serait sûr de perdre si nous lui tombions tous ensemble sur le paletot. Mais, dans le cas contraire, nous devons nous préparer à donner l'assaut.

— Espérons que tu aies raison, Pierre...

Ainsi, une fois arrivée sur place, l'équipe se répartit tout autour des bâtiments de la ferme. Ses membres commencèrent leur siège en achevant leurs provisions. Puis ils attendirent. Aucun mouvement extérieur ne trahissait la présence du fugitif et de ses deux prisonniers.

Victor était revenu en ville rapidement. Il avait indiqué le lieu probable de captivité des enfants de Zélie. Pour franchir les quatre kilomètres qui séparaient Joux d'Allègre, les habitants volontaires pour repartir à leur recherche ne mirent qu'une bonne heure. Ils s'étaient regroupés et avaient mobilisé tous les chariots disponibles dans le village. Pour cela, il leur fallut une autre petite heure de préparation, afin de se saisir de tout ce qui pouvait servir d'arme, emporter de quoi ravitailler le commando sur place et préparer les chevaux qui allaient emmener tout ce monde sur la route empierrée. Cette dernière menait jusqu'à Bellevue-la-Montagne où elle y rejoignait la grande route, récemment enduite d'un mélange de goudron et de gravier. Ce nouveau revêtement offrait de bien meilleures conditions pour se déplacer de la préfecture jusqu'à Craponne-sur-Arzon. Cependant, cette nouvelle artère laissait Allègre sur le côté, toujours reliée à ces deux cités par des chemins qui ne seront enduits que bien des années plus tard. Ce choix d'aménagement du territoire marquait ainsi un premier déclassement de la ville ancienne au profit des centres urbains plus importants qui allaient se développer au détriment de pôles classés comme secondaires. Dans ces pôles excentrés, à l'écart des nouvelles voies de communication routières, les activités économiques allaient ainsi lentement décliner, conduisant à une perte concomitante de leur fonction de lieu de vie un siècle plus tard.

Ainsi, l'équipe de Pierre reçut des renforts environ une heure après leur arrivée devant l'habitation qui jouxtait la grange dans laquelle Victor avait été retenu captif, alors que le soleil se préparait à prendre une nuit de repos bien méritée après cette journée où il avait dû se battre contre les nuages sombres qui voulaient assombrir la voûte céleste. Hélas, la présence de tant de personnes tout autour de la ferme induit immanquablement des bruits que Georges, installé à l'affût assis sur une chaise placée au centre de la pièce dans laquelle donnait la porte d'entrée, remarqua. Il se leva, ferma et bloqua les volets intérieurs de la pièce principale, jusqu'à présent entrouverts. Puis, il barricada la porte d'entrée. La troupe, dehors, sous l'autorité de Pierre, décida d'investir la grange où avait été enfermé Victor. Ce dernier, démangé par l'action, était retourné sur place. Il put ainsi, en pénétrant dans la construction, confirmer que c'était bien l'endroit dans lequel il avait été séquestré.

Ensuite, ils attendirent d'avoir confirmation d'une présence dans l'habitation normalement abandonnée. Henri s'était rapproché du corps de ferme, en longeant les murs. À l'intérieur, Georges entrouvrit un volet pour examiner les alentours. Tout lui paraissait trop calme et silencieux alors qu'il sentait des présences humaines. Même si Georges n'éclairait pas la pièce où il se trouvait, de là où il était placé, Henri le reconnut dans la pénombre de la Lune. Cette dernière, spectatrice passive des actes qui allait s'en suivre, baignait désormais la scène. C'est alors que le proscrit s'approcha de la fenêtre pour examiner la cour de la ferme. Le guetteur, judicieusement placé derrière une vieille charrue abandonnée au milieu de la cour, distingua nettement le mouvement. Il retourna vers le reste de la troupe pour confirmer la présence du ravisseur. Les prisonniers devaient en toute logique s'y trouver également. Mais quelles étaient leurs conditions de détention ? Et est-ce que Georges n'avait pas calmé ses nerfs sur l'un ou l'autre ?

Pour l'instant présent, ce qui comptait vraiment, c'était de les libérer. Ensuite, il serait temps d'aviser. Henri demanda conseil à ses deux fils et à Victor en un mini-conseil de guerre improvisé. Comment devaient-ils procéder ? Attaquer tout de suite, dans l'obscurité de la nuit, en espérant profiter d'un effet de surprise ? Attendre le lendemain matin que Georges quitte son abri pour une raison ou pour une autre ? Cette hypothèse était plus sûre pour les assaillants, mais probablement pas pour les prisonniers. Chaque minute de détention supplémentaire accroissait les risques de maltraitance. Aussi, ils décidèrent de passer à l'assaut. Le plan d'attaque fut approuvé par les quatorze personnes qui participaient à ce commando. Deux allaient rester en face de la cour, deux dans la grange. Tous les autres allaient passer derrière la grange, le long du pignon aveugle de la bâtisse principale orienté plein Nord. D'un coup, six allaient se précipiter vers l'arrière : deux personnes pour prendre d'assaut chaque fenêtre, les deux donnant sur les champs et celle du pignon Sud. Enfin, les six derniers membres, dont Henri, ses deux fils et Victor, s'affaireraient sur la façade, comprenant trois fenêtres et la porte d'entrée. Ils attaqueraient toujours en binôme. A la différence des deux fenêtres situées de part et d'autre de la porte d'entrée, la dernière ne semblait pas renforcée ou condamnée de l'intérieur par des planches ou des volets. Cette fenêtre prise d'assaut par les assaillants, la seule échappatoire qui restait à Georges était la porte d'entrée. Les autres seraient bombardées de pierres afin de créer un vacarme assourdissant à l'intérieur et dissuader quiconque de tenter quand même de passer par là. Aussitôt que la place serait investie, les quatre personnes restées cachées s'avanceront vers la porte d'entrée. Ainsi si, constant que la place forte était assaillie, s'il prenait l'idée au mécréant de s'échapper par la porte d'entrée, il tomberait sur un comité d'accueil musclé.

Rampant dans la pénombre, chacun se mit en position, sans faire de bruit, en veillant à ne pas écraser une quelconque branche tombée au sol, ni en renversant un antique pot de fleurs possédé par des herbes folles. Et ils firent comme prévu. Marcel, resté à l'extérieur de la grange, attendit que tout le monde soit en place avant de lancer le signal convenu, imitant le cri de la chouette effraie. Au même instant, toutes les vitres des fenêtres volèrent en éclat et les quatre derniers membres se ruèrent vers la porte d'entrée.

Georges était toujours assis sur une chaise, dans la pièce principale, devant une petite table, moins large que lui, lorsque les carreaux volèrent en éclat. Sans vraiment dormir, il somnolait. Il fut cependant prompt à se saisir du fusil de chasse à deux coup, posé sur cette table. Sans prendre le temps de viser, il tira : un coup dans la direction de chacune deux fenêtres de la pièce où il se trouvait. Les projectiles traversèrent les volets de bois intérieurs, qu'il avait lui-même pris soin de replacer et de fermer. Sous le coup, un battant d'un volet se décrocha, avant de se rabattre sur l'encadrement de la fenêtre. Cela permit à Georges, qui s'était précipité vers l'ouverture, de saisir une image de la scène qui se jouait dans la cour : deux personnes se tenaient debout derrière la fenêtre, sans avoir encore pénétré les lieux. Il s'était fait piéger en tirant par réflexe. Il lui fallait désormais recharger son fusil. Même si la manœuvre n'était pas compliquée pour quelqu'un d'aguerri comme lui, il devait toutefois ouvrir le fusil, retirer les douilles usagées et insérer de nouvelles cartouches en laiton, contenant de la poudre noire, des plombs et une amorce pour l'allumage, qu'il conservait dans la poche de sa chemise. Bien que son fusil utilisât des cartouches à percussion centrale, facilitant l'opération de rechargement par rapport aux anciennes cartouches à percussion annulaire utilisées encore dans son enfance, Georges comprit qu'il n'aurait pas le temps de recharger avant que les assaillants ne fondent sur lui. Les assaillants avaient changé leur plan d'action. En effet, la pièce qui n'était pas obstruée par un volet intérieur étaient encombré de tout un tas de vieux meubles entassés qui barraient le passage pour se rendre dans la pièce principale. Aussi, les allégrats poussèrent les battants d'une fenêtre et écartaient les volets pour pénétrer dans la pièce. Il ne restait plus à Georges qu'une seule échappatoire : fuir ! Mais pas fuir par la porte... Fuir par le grenier dont, probablement, les gens d'Allègre, n'avaient pas identifié la présence. Conservant le fusil à la main – il pourrait toujours servir ultérieurement – Georges bondit vers l'escalier de meunier situé contre le mur, derrière lui. Il en gravit les planches quatre à quatre. Déjà quatre envahisseurs avaient pris possession de la pièce principale de la ferme, rejetant la chaise contre un mur. L'un d'eux s'affairait à ouvrir la porte d'entrée, pour que tous puissent pénétrer dans le corps de ferme.

En trois bonds, Georges traversa les bottes de paille entreposées sur les planches du grenier. Il parvint prestement à l'ouverture utilisée pour y faire passer le foin, condamnée par un portillon en bois qu'il déverrouilla. Il put ainsi sauter jusqu'au sol. L'ouverture donnait sur le pignon Nord, là où aucun assaillant n'avait pensé à se positionner, puisque ce mur semblait aveugle... Sauf que, dans la pénombre du couchant, du côté septentrional, l'accès au grenier était difficilement identifiable. L'ayant entendu sauter et se recevoir sur le sol, trois hommes, dont Pierre et un allégrat équipé d'un fusil, se ruèrent sur ses traces, grimpant quatre à quatre les marches menant dans le grenier à foin.

— Le scélérat ! Il s'est joué de nous !

— Pousse-toi de là ! lança l'homme armé, lorsque le groupe arriva à proximité de l'ouverture qui laissant pénétrer le clair de Lune sur la paille sèche. Je dois pouvoir l'atteindre sans problème. Il n'y a aucun obstacle naturel qui me le masque.

L'homme s'accroupit, épaula le fusil, visa tranquillement la cible qui s'éloignait dans le champ éclairé de la faible lueur lunaire. Il tira. Le bruit fendit le silence. La cible tomba au sol. Puis, elle se releva et repartit, zigzaguant plus pour échapper à un prochain tir qu'en raison de sa blessure ! L'homme tira un second coup qui ne fit pas mouche. Il enragea et se frappa la cuisse du poing. Le fuyard atteignait désormais un bosquet qui le dissimulait entièrement. Pierre réconforta son ami en lui posant la main sur l'épaule.

— Nous suivrons sa piste à l'aube. Tu l'as touché. Il ne devrait pas pouvoir courir comme un lapin bien longtemps !

Puis, ils descendirent du grenier par le raide escalier, pour chercher et prendre des nouvelles des captifs. Sachant ce que Georges avait fait subir à son fils, Pierre était inquiet quant au sort du frère de sa future belle-fille. L'avait-il sévèrement blessé pour le garder captif ? L'avait-il handicapé, le transformant en un parasite qui allait vivre aux crochets de la société ? Comme pour Charles, avait-il défiguré Émile ? Et, sans oser se l'avouer, il voulait, au plus profond de lui-même, savoir s'il avait abusé ou non d'Eugénie... Victor n'avait pas rompu le serment contracté dans la première cabane et n'avait rien annoncé quant à ce qu'ils avaient déduis des traces découvertes sur place.

Quand ils arrivèrent dans ce qui avait été une chambre, la fratrie avait déjà été libérée. Ils se serraient l'une l'autre, en larmes, entourés de leurs libérateurs. Lorsqu'elle aperçut son futur beau-père,

Eugénie fut prise d'un mouvement de recul, succombant à un sentiment de culpabilité. Pierre se rapprocha et, comprenant son désarroi, l'interpella :

— Viens t'appuyer sur mon épaule, ma bru ! Tu es désormais libre et pourras retrouver ton promis avant minuit !

Personne ne soufflait mot dans la pièce sentant, sans pouvoir exprimer comment, que l'irréparable avait été commis pendant la captivité. Le succès de la libération des otages était entaché d'une ombre indélébile. L'honneur familial et personnel revêtait une importance capitale. Puisque la chasteté féminine avant le mariage était hautement valorisée, une femme déflorée avant le mariage risquait la stigmatisation sociale. Quelle serait la pression sociale envers les héros du jour maintenant que cette respectabilité n'était plus assurée ? L'esprit de Pierre cogitait à une vitesse dont il ne se savait pas capable. Eugénie a été contrainte et violée par un homme autre que son fiancé, ce qui compromettait son honneur selon les normes de l'époque.

Georges n'avait finalement pas mis ses menaces à exécution. Il n'avait pas frappé son ancien ami plus que de raison. Ou il n'en avait pas eu le temps. Émile se retrouvait juste avec quelques contusions dans les côtes et quelques bleus au visage. Une bagatelle par rapport à Charles ! Cependant, dans ses yeux, les libérateurs pouvaient sentir de la terreur. Il tremblait, il balbutiait, cherchant à effacer de sa mémoire les dernières heures passées en captivité.

Simplement, ils repartirent tous vers Allègre dans les chariots, sans fanfaronner. Un homme avait découvert dans une armoire quelques vêtements féminins, assez anciens mais qui, au moins, permettaient à Eugénie de paraître dans une tenue décente. Le trajet de retour se fit dans un silence pesant.

Arrivés à hauteur de Barribas, non loin de leur destination, profitant d'un moment où le convoi devait stopper, Victor sauta de son chariot pour monter dans celui où avaient pris place les anciens captifs. Il se contenta d'annoncer que « tout ce qui s'était passé dans le premier cabanon resterait à jamais dans ce cabanon » et il descendit du véhicule pour retourner à sa place. Les hommes qui accompagnaient l'adelphité acquièrent de concert.

— Merci, les amis... Nous n'oublierons jamais ce que vous avez fait pour nous !

— Tu aurais fait pareil si les rôles avaient été inversés. Ce n'est pas parce que nous sommes jadis chamaillés pour des histoires de grenouilles et de Communards que nous ne devons pas nous montrer solidaires les uns des autres, attentifs à nos prochains. Nous sommes tous de la même famille et ce qui se passe au sein de la famille reste dans la famille, répondit l'homme accroupi auprès d'Émile.

Le village fut rapidement averti du retour des anciens prisonniers et de leurs libérateurs, malgré l'heure tardive. Tous ceux qui étaient encore debout déboulèrent sur la place devant la chapelle où s'étaient arrêtés les chariots. Après quelques effusions, les prisonniers furent raccompagnés chez Zélie où Charles retrouva sa promise.

— Ils ont beaucoup de choses à se dire, précisa Pierre. Laissons-les seuls. Mon fils, je compte sur ta sagesse et ta vigueur pour témoigner de tout ton soutien à ta future épouse.

Et il l'invita à passer la nuit avec Eugénie, laissant – même si la tradition ne l'autorise pas – les futurs époux passer la nuit seuls, tous les deux. Il espérait, sans oser se l'avouer en bon Catholique qu'il était, que cette nuit son fils et sa future épouse trouveraient la force pour transformer leurs retrouvailles en véritable nuit de noce avant l'heure. Il espérait que la passion effacerait l'injure et la souillure. Il espérait que, si l'acte espéré devait se montrer fructueux, cela annihilerait les risques que son premier petit enfant ne soit un rejeton illégitime. Et pour tout le monde, ce serait cette nuit qu'Eugénie aurait perdu son innocence en l'offrant à son fiancé. Si les mauvaises langues devaient jacasser, ce serait pour dénoncer cette adaptation du calendrier nuptial, point final !

Le lendemain, malgré la douleur physique qu'il ressentait encore, Charles demanda à participer à la battue qui allait être organisée pour retrouver le fuyard. Déjà des éclaireurs étaient partis avant l'aube pour tenter de retrouver la piste de Georges. L'un d'entre eux, colombophile, avait assuré les fonctions de messager de l'état-major lors de la guerre contre les Prussiens. Il avait emporté un oiseau de son pigeonnier, perché aux pieds des ruines de l'ancien château d'Allègre. Neuf coups n'avaient pas encore sonné au clocher de l'église que le ramier était revenu, transportant un message mentionnant que la retraite du fugitif avait été dénichée, dans un autre cabanon perdu au milieu des bois.

Trois hommes, dont les employeurs avaient exceptionnellement autorisé l'absence en ce lundi matin, se portèrent volontaires pour accompagner Pierre, Émile et Charles. Ils grimpèrent dans un chariot qui repartit sur les routes pour régler son compte au saligaud. Sur le coup de onze heures, ils retrouvèrent ceux qui avaient débusqué le fuyard.

Georges, décidément amateur de maisons solitaires, avait derechef pris possession d'une bicoque. Charles sauta du chariot avant même qu'il ne soit arrêté. Il hurla, en direction du cabanon, équipé d'une fenêtre aux carreaux cassés :

— Sort, si tu es un homme ! Je t'attends. C'est entre toi et moi, maintenant.

Un coup de feu répondit à l'invective. Personne ne fut touché. Charles ne se démonta point. Au contraire, il avança encore de deux pas vers la baraque. Un second coup de feu fendit l'air. La balle échoua au sol, entre les jambes du jeune homme, soulevant un nuage de terre et de fumée. Charles stoppa et attendit. La porte s'ouvrit. Georges se tenait debout, le fusil à la main. Du sang avait maculé son pantalon. Le forcené jeta l'arme sur le côté.

— Je n'ai plus de balles ! Tu as de la chance...

Sur ce, Charles n'attendit pas un instant de plus. Il bondit sur l'agresseur de sa fiancée et le saisit à la gorge. Georges ne se laissa pas faire. Avisant les pansements qui recouvraient le visage de Charles, il s'empressa d'enfoncer ses ongles dans les blessures à peine refermées, suscitant un cri de douleur chez son adversaire.

Émile voulut aller aider son ami mais Pierre le retint :

— Laisse-le faire ! C'est entre lui et l'autre. C'est à lui et à lui seul qu'il incombe de sauver complètement l'honneur de ta sœur !

Constatant que Pierre avait parfaitement raison, il prit sur lui de laisser les deux jeunes gens s'étriper devant ses yeux. L'épilogue de cette histoire allait se jouer sur un véritable ring de boxe improvisé : le parvis de ce cabanon, entouré des allégrats présents. Un seul des deux protagonistes pouvait en sortir vivant. Et si le vainqueur était celui qui avait commis tant d'ignominieux actes, son sort en serait néanmoins jeté : désormais, seule sa mort conclurait ses actes. Elle devra juste patienter que la Justice fasse son œuvre avant de pouvoir le prendre.

Devant l'attitude mesquine de son adversaire, Charles usa des mêmes procédés peu glorieux et frappa à coup de pied la cuisse blessée de Georges. Le visage de nouveau en sang, avec les bandages pendants pour la plupart, il répondait coup sur coup, sachant lui aussi que le combat était un combat à mort entre les deux belligérants.

Georges se saisit d'une pierre. Il tenta d'asséner un violent coup au fiancé d'Eugénie. Mais il n'atteint pas son crâne, juste une épaule et sa joue. Ayant levé sa garde en tentant son attaque, il reçut un formidable direct sur le nez qui le fit s'affaisser. Mais au lieu de retomber sur le sol, Georges se reçut sur le morand, cette barre de fer qui permet d'y attacher un cheval, accroché sur la façade, à côté de la porte d'entrée du cabanon. Un bruit d'os cassés retentit avant que le silence n'envahisse les lieux.

Le cou plié dans une position tant surprenante que ridicule, Georges venait de rendre l'âme... au Diable !

Le fiancé d'Eugénie venait de tuer l'agresseur en état de légitime défense. Cela risquerait-il d'ajouter une couche de complexité juridique et morale à la situation présente ? Bien au contraire, cet acte venait de laver l'affront commis. Si, jusqu'à présent, un mariage entre Eugénie et son fiancé aurait pu être perçu comme une manière de restaurer son honneur et de lui offrir une certaine stabilité sociale, en lui évitant la stigmatisation, désormais cette perspective s'inscrivait dans la logique des choses. Au regard des coutumes, une femme devait se marier avec le premier homme qui l'avait possédée. Mais comme celui-ci était décédé, son statut venait de changer. Elle pouvait être considérée dans une situation proche de celui de veuvage. De plus, Charles avait lavé son honneur en éliminant l'agresseur de la fille, en état de légitime défense. Si les autorités voulaient s'intéresser à l'affaire, il y aurait cinq témoins qui pourraient jurer sur l'honneur qu'il en fut ainsi, d'autant que personne n'avait pris part directement au pugilat et que Georges avait attaqué le premier en tirant sur Charles par deux fois. Désormais, le soutien communautaire était acquis en faveur d'un mariage, écartant toute attitude plus conservatrice pouvant pousser une femme abusée vers l'isolement ou le couvent. En effet, si le mariage n'avait plus été envisageable en raison de l'incapacité du fiancé à faire face à la situation et aux pressions sociales, Eugénie n'aurait eu d'autre choix que d'être contrainte à vivre seule puisqu'il semblait évident que Georges n'aurait pas souhaité s'opposer à la vindicte populaire en l'épousant. Entrer dans un couvent aurait alors pu être pour Eugénie une option pour échapper à la honte sociale puisque, à l'époque, les couvents étaient souvent des refuges pour les femmes qui cherchaient à échapper à des situations de honte ou de scandale.

Avec l'aide de deux autres hommes, Pierre se chargea de charrier le corps de l'infâme dans la charrette tandis qu'Émile tentait de refaire les bandages de son ami.

> — J'aurais préféré que nous ne vivions pas pareille mésaventure, mon ami. Mais maintenant, l'honneur de ma sœur est restauré. Et je sais que la nuit dernière, tu t'es comporté – tout comme aujourd'hui – en homme digne de ce nom.

— Merci, mon ami ! Et merci à tous ceux qui nous ont soutenu. Quoi qu'il en soit, tout n'est pas réglé... Nous ne saurons ce qu'il en est que dans quelques mois.

Un frisson parcourut Charles, comme si un spectre venait de le traverser avant de poursuivre son chemin. Son histoire rejoignait-elle d'autres histoires plus anciennes ? Le sentiment qu'il avait ressenti pendant un court instant d'avoir le corps occupé par un fantôme s'estompa aussi rapidement qu'il était apparu. Il ne lui restait en tête qu'un vague souvenir fugace de vindicte populaire, de tourbière et de mauvais sort[9]... Tous retournèrent à Allègre, en silence et en méditant les événements de ces deux derniers jours.

Comme prévu, mais avec un petit peu de retard, la pluie se mit à tomber sur le chemin du retour. Cette pluie salutaire venait comme pour effacer les traces de cette aventure, en absoudre les injures et nettoyer les affronts.

---

9 : Cf. Le fantôme d'Allègre, même auteur.

Charles avança vers la baraque. Un second coup de feu fendit l'air. La balle échoua au sol, soulevant un nuage de terre et de fumée.

Épilogue

En cette fin XIXème siècle, une femme contractant la syphilis pouvait tomber enceinte, voire l'être déjà à cet instant particulier. Malgré sa maladie, elle pouvait mener sa grossesse à terme. Cependant, la syphilis induisait de sérieux risques autant pour elle-même que pour le bébé. Comme elle n'était pas réellement traitée, la syphilis entraînait au final de graves complications de santé pour la mère : lésions cardiaques, neurologiques ou dans d'autres organes. De plus, les femmes atteintes de syphilis présentaient un risque accru de complications obstétricales, telles que des fausses couches, des accouchements prématurés ou la naissance d'enfants mort-nés. Lorsqu'il était viable, le bébé venait souvent au monde déjà atteint par la syphilis. Elle était soit transmise par sa mère lors de la grossesse ou même seulement lors de l'accouchement, de manière congénitale. Alors les éruptions cutanées, les fièvres, une anémie, des lésions osseuses ou des atteintes du foie et de la rate, apparaissaient après seulement quelques semaines de vie. Pour les enfants qui survivaient, des complications apparaissaient pendant l'enfance ou l'adolescence : défauts dans les dents, alors plus petites, avec des encoches et espacées les unes des autres ; anomalies osseuses ; surdité ou problèmes neurologiques.

Georges, lors de ses escapades dans la ville préfecture, avait plus d'une fois fréquenté des demi-mondaines, dont l'état de santé n'était pas surveillé, contrairement aux professionnelles de la chose. Il avait contracté la grande vérole. Il ne s'en était pas aperçu ou avait considéré les symptômes de la première phase comme de simples piqûres d'insectes et comme une légère grippe. En somme, trois fois rien par rapport au plaisir qu'il avait pris avec cette partenaire vérolée d'un soir, un an avant d'abuser d'Eugénie. Cependant, le médecin du village avait tenu à effectuer une autopsie du fuyard afin de pouvoir, scientifiquement, corroborer les conclusions des hommes qui étaient partis le dénicher. A l'issue de l'examen, le médecin confirma les dires des témoins, évidemment. Lors son analyse posthume, il constata l'état de santé déplorable du coquin. Aussi, même s'il avait pu s'enfuir vers sa terre d'argent lointaine, il n'aurait pas profité autant de la vie qu'il l'escomptait. Le médecin se garda cependant de claironner ce résultat d'analyse. Il ne fit part qu'à Charles et à sa jeune épouse de ses conclusions sur la contamination de Georges. Ces deux-là s'étaient mariés sans plus attendre, deux semaines après les événements. Heureusement que prendre des photos n'était pas encore une coutume infusée profondément dans les campagnes françaises, sans cela il aurait été difficile d'expliquer des années plus tard, en ressortant les images imprimées de la boîte à souvenirs, pourquoi le marié ressemblait à une momie le jour de son mariage !

En dehors de Gustave et de ses parents, personne ne pleura véritablement la mort de Georges. Si le vétéran de la guerre manifesta un moment son envie d'étrangler celui qu'il considérait comme l'assassin de son frère, il se calma finalement lorsqu'il prit connaissance de toute l'étendue de ses actes. Bien sûr, il ne pourrait jamais pardonner. Bien sûr, il ne pourrait jamais se rabibocher avec Charles et Eugénie. Mais parfois, lorsqu'il croisait le couple dans le village, il ne pouvait s'empêcher de sourire intérieurement en regardant les traces laissées à vie sur le visage du rival de son frère. Une forme de vengeance par anticipation... Il resta célibataire, dans la ferme de ses parents. Il n'eut aucun héritier et les champs tombèrent en déshérence quelques temps avant d'être repris et réexploités.

Rapidement, Eugénie annonça sa maternité. Personne ne fit de calculs... sauf certains qui conclurent que, finalement, heureux de s'être retrouvés après avoir pensé s'être perdus l'un l'autre, ils avaient dû consommer leur vie maritale quelques jours avant le consentement des autorités civiles et religieuses. Ce n'était, au fond, pas un bien grand péché. Pas plus que celui d'avoir organisé ce léger mensonge.

Cependant, l'angoisse s'était emparée du jeune couple et de leurs proches. Qu'allait-il en être exactement ?

La mère – et accessoirement le père, possiblement contaminé dans la foulée – et l'enfant allaient-ils pouvoir connaître une vie de bonheur ?

Hélas, les traces laissées dans l'histoire par ce couple et leur(s) descendant(s) ne nous permettent pas de conclure. À chaque lecteur d'imaginer la fin qu'il pense la plus plausible... ou la plus romantique.

Images composées par IA (canva.com)
puis retraitées via befunky.com et par l'auteur
et mises en forme finale par l'auteur.

Textes entièrement rédigés par l'auteur.

Conception Allègre Mansion
– 23 rue Notre Dame de l'Oratoire, 43270 Allègre –
contact@allegremansion.fr
Édition : BoD · Books on Demand, 31 avenue Saint-Rémy, 57600 Forbach, bod@bod.fr
Impression : Libri Plureos GmbH, Friedensallee 273, 22763 Hamburg (Allemagne)

Dépôt légal : mai 2025